Ernesto Cardenal

Gebet für Marilyn Monroe

Ernesto Cardenal

Gebet für Marilyn Monroe und andere Gedichte

Herausgegeben und übertragen von
Stefan Baciu
Mit einem Nachwort von
Kurt Marti
Peter Hammer Verlag

Redaktion: Heinz G. Schmidt
Umschlag: Heseler & Heseler
Gesetzt in der Linotype Garamond
Druck: F.L.Wagener, Lemgo
Buchbinderei: Klemme & Bleimund, Bielefeld
ISBN: 3 87294 035 x

INHALT

Gedichte ohne Titel sind mit dem Beginn der ersten Zeile aufgeführt.

FRÜHE GEDICHTE

1946-1953

GREYTOWN

Greytown! Greytown!
Amerikaner, Deutsche, Iren,
Franzosen, Mulatten, Chinesen, Spanier
kamen, trafen sich hier und gingen wieder.
What's the news from New York? New Orleans? Havanna?
Sie bezahlten Guavenbirnen mit Mark, eine Flasche Rum
mit Dollars, Francs, Pfund Sterling.
Any new anextion?
Und durch die Lichtstrahlen des Laubwerks,
entfernte sich der »Daniel Webster« . . .

Edwards E. Brand aus Kentucky war der letzte Nordamerikaner,
der in Greytown blieb und den Kanal abwartete.
Er hat sein ganzes Leben gewartet. Und er lebte ein volles
Jahrhundert.
Immer trug er Überrock, Weste, Krawatte und Pittahanfhut.
Während der letzten Jahre gaben ihm die Einwohner zu essen,
er hatte keine Schuhe mehr und ging barfuß,
immer aber im Überrock, mit Weste, Krawatte und Pittahanfhut.

Greytown! Greytown! Graue Stadt.
Jetzt gibt es nur grauen Sand und graues Meer unter dem grauen
Himmel.
Alte Schiffsrümpfe am trockenen Strand.
Hütten aus trockenem Stroh unter trockenen Kokospalmen.
Sonne über trockenen Salzhügeln. Salz von aschener Farbe.
Flache Salzhügel. Flacher Strand. Und flaches Meer.
Alles so feucht. Alles so unfruchtbar. Alles so grün.
Ein verrostetes Baggerschiff am Ufer des Meers.
Eine Fregatte im Heu
mit Lianenseilen angebunden.
Auf dem King George Platz weiden die Kühe.
Ein Jahrhundert der Verwüstung verging wie ein langsamer
Sturmwind.

Nachts bellt das schmutzige Meer wie ein Hund,
wühlt zwischen Knochen, trockenen Ästen, Büchsen und Flaschen.
Der Wind vom Meer spült warmen Sand
über trockene Hölzer auf die fast begrabenen
zerfressenen Schienen, auf die alten leeren Waggons,
auf das alte verlassene Zollamt aus verrostetem Blech.
Und plötzlich scheint sich ein Schiff mit seinen Masten
durch den Urwald den Weg zu bahnen.
Auf der Grünstraße heult ein Affe unter dem Mond.
Auf dem Strand glänzen Berge von Flaschen . . .

LEON

Ich wohnte in einem großen Haus bei der Kirche des Heiligen
Franz,
das im Flur eine Aufschrift trug mit den Worten
AVE MARIA
und die Flure waren rot und aus Lehm,
aus alten roten Ziegeln
und Fenster mit rostigen Gittern,
und da war ein beängstigend großer Hof, in dem an windlosen
Tagen
eine traurige Rohrdommel die Stunden schlug,
und eine weiße Tante betet im Hof ihren Rosenkranz.
Nachmittags hörte man das Läuten des Angelus
(»Der Engel des Herrn brachte Maria
die Botschaft . . .«)
man hörte die Hand eines fernen Mädchens einen Ton anschlagen
auf dem Klavier
und die Trompete einer Kaserne.
Nachts stieg ein riesiger roter Mond den Kalvarienberg hinauf.
Man erzählte mir Geschichten von Seelen im Fegefeuer und von
Gespenstern.
Um Mitternacht
ritt der Schatten des Generals Arechabalda durch die Straßen.

Und das Geräusch eines Tors, das sich schließt . . . Ein schwarzer
Wagen . . .
Ein leerer Leiterwagen rollt holpernd durch die Hauptstraße,
und dann krähten alle Hähne der Nachbarschaft,
und da war der Gesang der Rohrdommel,
und meine Tante, die täglich zur 4-Uhr-Messe ging,
mit dem Schlag der Glocken vom Heiligen Franz,
läutend
am Kalvarienberg
und im Hospiz des Heiligen Hans,
und die Kannen der Milchmänner, die auf das Pflaster schlagen,
und ein Bäcker, der im Flur klopft
und ruft
Brot!
Brot!

AQUARELL

Die goldenen Hütten, von Disteln umgeben;
Schweine in den Straßen;
ein Wagenrad
an eine Hütte gelehnt, ein Klo im Hof,
ein Mädchen, das ihren Krug füllt,
und der Momotombo*,
blau, hinter den lustig wehenden Unterhosen in
gelb, weiß und rosa.

* Vulkan am Großen See von Nicaragua.

BEIM LESEN EINES BUCHES VON SQUIER*

Nindirí**:
Wie kann ich dich beschreiben,
Nindirí,
schönes Nindirí.
Unter grünen Gewölben:
Alleen, die sauber gefegten
Alleen von Nindirí.
Einfache Hütten aus Stroh
unter den grünen Ästen
wie Nester.
Nindirí:
der klingende Namen, den man dir gab,
(Ninda, das Wasser und Diria, die Erde)
spricht uns in einer alten und
vergessenen Sprache
vom See und vom Vulkan.
Nindirí, schönes Nindirí:
Gold zwischen den Blättern.
Orangen, Goldbananen, Icacos,
Mädchen mit der Farbe von Schokolade,
mit nackten Brüsten,
weiße Wolle spinnend unter den Bäumen.
Ruhiges, einfaches Nindirí,
Sitz der alten Häuptlinge und ihrer Höfe,
Vision der Nacht, Arkade des Traums!
So unwirklich!
Wie kann ich dich vergessen!

---

* E. Squier (1821–1888), amerikanischer Diplomat und Reisender, der in Nicaragua lebte und ein Buch über das Land schrieb.

** Dorf in Nicaragua.

Kleine grüne Inseln mit schwarzen Felsen und mit
Icacos, Bananenfeldern, mit Palmen und Papayas,
Strohhütten zwischen den Bananenfeldern,
die gelben Glocken der Gloria de Nicaragua
hängen in den Bäumen
und über die Steine gleitend schaukeln sie auf dem Wasser.
Und im Spiegel des Wassers
auf den Kopf gestellt die kleinen grünen Inseln
mit den schwarzen Steinen und den Icacos,
mit Bananenfeldern, Palmen und Papayas.
Ein schwarzes Boot am Ufer des Wassers;
im Wasser eine Frau mit nackten Brüsten
in einem purpurnen Rock,
Wäsche waschend auf einem weißen Stein,
das Wasser reicht ihr bis an die Knie,
ihr langes, welkes Haar fällt lose aufs Wasser,
und der purpurne Rock,
die nackten Brüste,
das schwarze Haar,
das schwarze Boot,
                spiegeln sich im Wasser.
Und in der Ferne
biegt die Silhouette eines Bootes mit zwei Leuten
um eine Insel.

Auf dem nassen Weg, auf dem die Mädchen mit ihren Krügen
kommen und gehen,
die Stiegen sind in den Stein gehauen,
hängen wie Haarsträhnen oder wie Schlangen
die Lianen der Bäume.
Und etwas wie Aberglaube schwebt über allem.
Und unten:
                der zitronenfarbene See
                wie Jade poliert.
Vom Wasser steigen die Rufe auf
und das Tönen der Körper aus Lehm gegen das Wasser.
Etwas wie Aberglaube . . .

Die Mädchen kamen und gingen mit ihren Krügen,
sangen ein altes Liebeslied.
Sie stiegen hinauf, aufrecht schreitend wie Statuen
unter ihren frischen, bemalten Krügen,
die frischen Körper wie Krüge geformt.
Und sie stiegen hinunter,
springend und laufend wie Rehe,
und im Wind öffneten sich ihre Röcke wie Blumen.

Trübes und nebliges Morgengrauen,
duftend nach Milch, grünem Dünger und Heu,
mit dem Brüllen von Kühen und jungen Kälbern,
und die Zanate* singt über der Kuh.
Trockene, rauchige Hütten im trockenen Feld.
Oder feuchte Hütten, grünes, taufrisches Gras,
und weiße Häuser mit nassen, roten Dächern
unter dem blauen Himmel.
Die blassen Leuchtkäfer des Nachmittags
und die traurigen Zikaden,
die Zikaden
und der Karren
und der Gesang des Kutschers.
Und die Zanate singt auf dem Zaun.
»Adieu, meine Herren!«
»Gute Reise, mein Herr!«
Es stand da immer ein Kreuz am Wegrand
mit trockenen Blumen . . .
Und das winzige Licht im Gebirge und das ferne Gebell.
Und die Waldfeuer in der Ferne.

---

* Schwarzglänzender Vogel Mittelamerikas.

RALEIGH

Im Osten Perus, zum Meer hin, in Höhe der Tag- und Nachtgleiche,
auf einem weißen See, salzig, zweihundert Meilen breit,
liegt Manoa,
Manoa, Wohnsitz der Sonne, Spiegel des Mondes,
Manoa, das Juan Martín eines Tages sah,
als man ihm mittags um zwölf die Binde abnahm,
und er jenen ganzen Tag bis in die Nacht durch die Stadt ging.
Und ich hatte seit langem von ihr erzählen gehört,
wie sie schimmerte nachts im See gleich dem Mond,
und daß sie glänzte wie Gold am Mittag.
Alles Geschirr seines Hauses, Tische und Küche waren aus Gold,
sagt Gomara*,
und man fand zweiundfünfzigtausend Mark in gutem Silber
und eine Million dreihundertundzwanzigtausendfünfhundert
Pesos in Gold,
aus dem Schatz Atahualpas** in Cuzco, sagt er,
und man fand zweiundfünfzigtausend Mark in gutem Silber
und eine Million dreihundertsechsundzwanzigtausend-
fünfhundert Pesos in Gold.
Weshalb sagten sie, daß die Steine, die wir brachten, nicht Gold
waren?

Und ich sprach mit den Kaziken in ihren Häusern
und gab in Trinidad Wein den Spaniern, damit sie redeten.
Und ich kannte alle Flüsse und alle Königreiche;
von der Grenze Perus bis zum Meer des Ostens,
vom Orinoco südwärts bis hin zum Amazonas
und bis zur Gegend von Maria Tamball***,
alle Königreiche.
Und das Leben, das man dort lebte, und die Gebräuche.
Orenqueponi, Taparimaca, Winicapora.
Es war, als sähe ich sie vor mir.

---

* Lopez de Gomara, spanischer Chronist.
** Inka.
*** Früherer Name einer Region in Brasilien.

Die Indios an den Küsten, die von den Inseln, die Kannibalen,
Kannibalen aus Guanipe,
die Indios, die man Assawai, Coaca, Aiai nennt,
die Tuitas auf den Bäumen, die Kopflosen,
und im Norden des Orinoco die Wikiri,
und im Süden der Mündung des Orinoco die Arwaca,
und weiter fort die Kannibalen,
und im Süden die Amazonen.
Und es wurde April,
und die Königinnen des Amazonas versammelten sich an den Ufern
und tanzen nackt, gesalbt mit Balsam und Gold,
bis zum Ende des Mondes –
Es wurde April,
die Boote sehr fern von uns im Meer verankert,
aufs Geratewohl –
100 Menschen mit ihren Flößen und mit Proviant für einen Monat,
schlafend im Regen,
auch bei schlechtem Wetter, auch unter freiem Himmel, auch
in der sengenden Sonne,
und die Pflanzen kleben am Körper und die Kleider sind naß,
und der Schweiß so vieler Menschen mischt sich mit der Hitze der
Sonne –
(und ich, ich denke an den königlichen Hof)
und eine Traurigkeit, die am Abend zunahm und das Summen der
Sümpfe,
und wir hörten die Affen vor Angst weinen in der Nacht,
den Schrei eines Tieres, von einem andern erschreckt,
und das Schlagen von Rudern,
das Schleifen der Zweige im Fluß,
das Tasten zarter Pfoten in den Ästen.
Stimmen: die Traurigkeit dieser Stimmen . . .
Es gibt kein Gefängnis in England, das so einsam ist.

Und das Brot wird knapp. Und kein Wasser.

Die Nächte in hängenden Betten unter dem Himmel Brasiliens –
diese Betten, die man »Hängematten« nennt,
im Dunkel hört man das Brausen des Stroms
und die Trommeln von Stamm zu Stamm über die Berge hin,
und das Brausen des Wassers wird lauter.

Ohne Brot. Ohne Wasser.
Die Ohren betäubt von der Stille.
Die Bäume so hoch, daß wir die Luft nicht spüren.
Und das Brausen des Wassers wird lauter.

Ohne Brot. Ohne Wasser.
Nur das schwere und trübe Wasser des Flusses.
Und es gibt einen roten Fluß, der Ebbe und Flut hat,
er wird giftig, wenn die Sonne sich senkt,
und man hört, wie er klagt, wenn keine Sonne mehr scheint,
und er wird krank.
Und schwarze und zähe Lagunen, wie Teer ...
Und die Hitze, wenn wir uns der Linie nähern.
Und der Geruch nach feuchtem Laub und der Geschmack von
Müdigkeit.
Und von Strömung zu Strömung, von Wasserfall zu Wasserfall
das nächtliche Lachen der grünen Jungfrau des Flusses
und das Klatschen des Wassers gegen das Wasser.

Und ohnmächtig die Luft. Und der einsame Urwald ...

Die Gruppe begann zu verzweifeln.
Und einen Tag noch bis zu dem Ort, wo man haben kann, was
man will!
Und an den Ufern Blumen und reife Früchte, auch grüne.
Und grüne Vögel –
lange Zeit sahen wir sie vorüberziehen –
und Brotfrüchte und Affen und der Glockenvogel
und ein süßer Duft von Balsam und Zynamon
und der Wachs, der aus dem Karamanabaum fließt,
und der Schweiß von Sandelhölzern und Kampfer:

aus den Bäumen quoll Milch und Honig,
quollen Amber und aromatische Harze –
und eine Frucht, die mit einem Knall zerplatzte –
aus der Ferne hörten wir sie bersten des Nachts.
Und Blätter so groß wie Boote fielen auf den Fluß.
Und wir sahen den Kristallberg, wir sahen ihn in der Ferne,
über dem Horizont ragte er auf wie eine Kirche von Silber,
und ein Fluß entsprang seinem Gipfel mit dem Läuten von
tausend Glocken.

Und die Töchter des Orinoco lachten zwischen den Bäumen ...
Und Wasserfälle, die von Ferne wie Städte funkelten,
wie der Rauch, aufsteigend über einem großen Dorf,
und das Tosen und das Donnern und das Überschlagen der Wasser.
Und nie sah ich ein besseres Land:
die grünen Täler leer,
die Vögel gegen den Abend ansingend in jedem Baum,
die Hirsche, die zahm zum Wasser kamen wie auf das Pfeifen des
Herrn
und der frische Wind von Osten
und das Funkeln der goldenen Steine im Sonnenlicht.

Fünfzehn Tage später sahen wir in der Ferne mit großem Jubel
Guayana,
und ein kräftiger Wind blies von Norden an diesem Tag,
und in der Nacht kamen wir an einen Ort, an dem sich der Fluß
in drei Arme teilt,
und wir warfen die Anker in jener Nacht unter den Sternen,
spürten den Duft Guayanas.

So nah die Erde Guayanas!
Aber wir mußten nach Osten zu,
weil die Regen begannen: jene riesigen Fluten
und die überschwemmten Flüsse und die endlosen Sümpfe –
ließen Guayana mit seinem Säbel von Feuer hinter uns,
ließen Guayana, angebetet von der Sonne,
und wir stachen wieder in See, voll Trauer ...

STUNDE NULL

1954-1956

Die Gedichte »Stunde Null« wurden in Nicaragua geschrieben; zwischen der April-Rebellion 1954, an der Cardenal teilnahm, und der Ermordung des Diktators Anastasio Somoza am 21. September 1956. 1957, bereits im Kloster »Our Lady of Gethsemany« in Kentucky/USA, autorisierte er die Veröffentlichung in der Revista Mexicana de Literatura.
Zu Ehren des nicaraguanischen Revolutionärs und Volkshelden Augusto César Sandino erschien »Stunde Null« geschlossen zum 26. Todestag Sandinos am 21. Februar 1960; herausgegeben von Ernesto Mejía Sánchez, gedruckt in der Gráfica Panamericana, S. de R. L. (Parroquia, 911), Mexico 12, D. F., gestaltet von Pedro Coronel.

Tropische Nächte Zentralamerikas,
mit Lagunen und Vulkanen im Mondschein
und mit den Lichtern von Präsidentenpalästen,
mit Kasernen und traurigen Hornsignalen.
»Oft habe ich bei einer Zigarette
den Tod eines Menschen beschlossen«,
sagt Ubico* bei einer Zigarette . . .
In seinem Palast, der wie eine rosa Torte aussieht,
sitzt Ubico, ist erkältet. Draußen wird das Volk
mit Phosphorbomben auseinandergetrieben.
San Salvador im Dunkel der Nacht und der Spionage,
mit Geflüster in den Häusern und in den Pensionen
und Schreien in den Polizeistationen.
Carías** Palast vom Volk mit Steinen beworfen.
Ein Fenster seines Büros wurde zerschlagen,
und die Polizei schoß in die Menge.
Und auf Managua werden Maschinengewehre angelegt
vom Schokoladenplätzchen-Palast,
und Stahlhelme durchstreifen die Straßen.
Wache! Welche Stunde ist's in der Nacht?
Wache! Welche Stunde ist's in der Nacht?

---

* Diktator Guatemalas.
** Diktator Honduras'.

Die Bauern aus Honduras trugen das Geld im Hut,
als sie ihre Saat säten
und die Leute aus Honduras Herren ihrer Erde waren.
Als es Geld gab
und keine fremde Anleihen
und auch die Steuern nicht für Pierpont Morgan & Cie
und als die Frucht-Gesellschaft nicht mit dem kleinen Bauern
konkurrierte.
Aber da kam die *United Fruit Company*
mit ihren Niederlassungen *Tela Railroad Company*
und *Trujillo Railroad Company*
vereinigt mit der *Cuyamel Fruit Company*
und der *Vaccaro Brothers & Company*
später *Standard Fruit & Steamship Company*
zur *Standard Fruit & Steamship Corporation:*
die *United Fruit Company*
mit ihren Revolutionen zur Erlangung von Konzessionen
und mit der Befreiung von Millionen an Importsteuer
und Exportsteuer, Revision alter Konzessionen
und Subventionen für neue Ausbeutungen,
mit Vertragsbrüchen, Verletzungen
der Verfassung . . .
Und alle Bedingungen werden von der *Company* diktiert
mit Auflagen für den Fall der Beschlagnahmung
(Auflagen für die Nation, nicht für die *Company*),
und mit Bedingungen, die sie stellt (die *Company*),
die Pflanzungen der Nation zurückzugeben
(von der Nation gratis der *Company* gegeben)
nach 99 Jahren . . .
»und alle anderen Pflanzungen jeder anderen
Person oder Gesellschaft oder jedes anderen Unternehmers,
die abhängig sind von den Vertragschließenden, und an welchen
die Letztere später Interessen jeder Art vertritt
oder vertreten kann, sind folglich in die obengenannten
Daten und Bedingungen eingeschlossen . . .«

(Weil die *Company* auch die Prosa korrumpierte.)
Die Bedingung war, daß die *Company* die Eisenbahn baute,
doch die *Company* baute sie nicht,
weil die Maultiere in Honduras billiger waren als die Eisenbahn,
und »ein Abgeordneter mehr billig als eine Maultier« –
wie Zemurray sagte* –
wenn sie dafür auch Steuerfreiheit bekamen
und 175 000 Acres als Subvention für die Company,
mit der Verpflichtung, für jede nicht gebaute Meile
an die Nation zahlen zu müssen, aber sie zahlte nichts,
baute auch keine einzige Meile (Carias ist der Diktator,
der die meisten Meilen Eisenbahnstrecke nicht baute),
und nach all dem nützte die Scheißbahn
der Nation kein bißchen,
weil diese Bahn zwischen zwei Pflanzungen verlief
und nicht zwischen Trujillo und Tegucigalpa.

Sie korrumpieren die Prosa und korrumpieren das
Abgeordnetenhaus.
Die Banane bleibt in den Pflanzungen, um zu verfaulen,
oder sie verfault in den Waggons entlang der Eisenbahnlinie,
oder sie wird reif geschnitten, um zurückgewiesen zu werden,
wenn sie am Kai ankommt, oder sie wird ins Meer geworfen;
man behauptet, die Büschel seien beschädigt oder zu mager
oder welk oder grün oder zu reif oder krank:
damit es keine billigen Bananen gibt
oder um billige Bananen einzukaufen.
Bis dann Hunger herrscht an der Atlantikküste Nicaraguas.
Und die Bauern eingesperrt werden, weil sie nicht für 30 Cts
verkaufen wollen,
und ihre Bananen mit Bajonetten zerhackt werden,
und die *Mexican Trader Steamship* ihre Boote versenkt,
und die Streikenden mit Gewehren überwältigt werden.
(Und die Abgeordneten Nicaraguas werden zu einem Gartenfest
geladen.)

---

* Samuel Zemurray, Gründer der *United Fruit Company*.

Aber der Neger hat sieben Kinder.
Und was soll man machen. Essen muß man.
Und man muß ihre Zahlungsbedingungen annehmen.
24 Cts das Büschel.
Inzwischen kabelt die Niederlassung *Tropical Radio* nach Boston:
»Hoffen daß die Geldzuwendungen an Abgeordnete der Mehrheit
in Nicaragua für die unschätzbaren Dienste
die sie der *Company* erwiesen haben Bostons Zustimmung hat.«
Und von Boston nach Galveston per Telegraph
und von Galveston per Kabel und Telegraph nach Mexico
und von Mexico per Kabel nach San Juan del Sur
und von San Juan del Sur per Telegraph nach Puerto Limón
und von Puerto Limón per Kanu in die Wälder
geht der Befehl der *United Fruit Company:*
»Die Yunai* kauft keine Bananen mehr.«
Und in Puerto Limón wird Arbeitern gekündigt.
Die kleinen Werkstätten werden geschlossen.
Niemand kann seine Schulden bezahlen.
Und die Bananen in den Eisenbahnwaggons verfaulen.
Damit es keine billigen Bananen gibt.
Und damit die Bananen billig sind.
– 19 Cts das Büschel.
Die Arbeiter bekommen Gutscheine statt Lohn.
Statt Geld Schulden.
Und sie verlassen die Pflanzungen, die völlig nutzlos sind,
übergeben an Heere von Arbeitslosen.
Und die *United Fruit Company* in Costa Rica
mit ihren Niederlassungen *Costa Rica Banana Company*
und *Northern Railway Company* und
der *International Radio Telegraph Company*
und der *Costa Rica Supply Company*
kämpfen vor den Gerichten gegen ein Waisenkind.
Fürs Entgleisen zahlt man 25 Dollar Schadenersatz
(aber es wäre teurer gewesen, die Eisenbahnstrecke zu reparieren).

---

* Spanische Aussprache der *United Fruit*-Kurzform.

Und die Abgeordneten, billiger als die Maultiere, wie Zemurray
sagt.
Sam Zemurray, der türkische* Bananeneinzelhändler
aus Mobile, Alabama, der eines Tages eine Reise nach New Orleans
machte
und auf den Kais der *United* sah, wie man die Bananen ins Meer
warf,
und der anbot, alles zu kaufen, um daraus Essig zu machen,
alles kaufte und wieder in New Orleans verkaufte,
und die *United* mußte ihm Land in Honduras geben,
damit er auf seinen Vertrag in New Orleans verzichtete,
und so kam es, daß Sam Zemurray in Chonduras Bräsidenten
ernannte**.
Er provozierte Grenzstreitigkeiten zwischen Honduras und
Guatemala
(die eigentlich zwischen der *United Fruit Company*
und seiner *Company* bestanden),
und erklärte, daß Honduras (seine *Company*) »keinen Zoll Erde«
verlieren dürfe,
»weder in der umstrittenen Gegend, noch
in irgendwelchen anderen, nicht umstrittenen Gebieten
Honduras« (seiner *Company*) . . .
(während die *United* die Rechte Honduras verteidigte
in ihrem Prozeß mit der *Nicaragua Lumber Company*)
bis der Streit plötzlich beendet war, man sich mit der *United*
zusammenschloß, und anschließend alle Aktien an die *United* gingen
und mit den Aktien der Vorstand in Boston überrannt wurde
(gemeinsam mit den Geschäftsführern in Honduras) –
und man wurde Herr über Honduras und Guatemala,
und der Streit um die erschöpften Gebiete war zu Ende,
und sie nützten niemandem mehr, weder Guatemala noch Honduras.

---

* In Lateinamerika werden arabische und jüdische Kaufleute »Türken« genannt; S. Zemurray war aus Bessarabien.

** Wie schon gesagt, Zemurrays Aussprache des Spanischen war nicht besonders.

Es gab einen Nicaraguaner im Ausland,
einen »Nica«* aus Niquinohomo,
der arbeitete in der Huasteca Petroleum Co. in Tampico.
Und er hatte fünftausend Dollar gespart.
Und er war weder Militär noch Politiker.
Und er nahm dreitausend Dollar von den fünftausend
und ging nach Nicaragua zu Moncadas Revolution**.
Doch als er ankam, ergab sich Moncada.
Der Nica blieb drei Tage traurig im *Cerro del Común****.
Traurig, ohne zu wissen, was er nun tun sollte.
Und er war weder Militär noch Politiker.
Er dachte und dachte, und schließlich sagte er zu sich:
Jemand muß es tun.
        Und dann schrieb er sein erstes Manifest.

Der General Moncada telegraphiert den Amerikanern:
ALLE MEINE MÄNNER ERGEBEN SICH AUSSER EINEM.
Mr. Stimpson**** stellt ihm ein Ultimatum.
»Das Volk wird Ihnen nicht danken . . .«
        läßt ihm Moncada sagen.
Er versammelt seine Männer im Chipote-Gebirge,
29 Mann (und mit ihm 30) gegen die USA
        . . . AUSSER EINEM.
(»einer aus Niquinohomo« . . .)
Und mit ihm 30.
»Wer den Erlöser spielt, stirbt am Kreuz«,
läßt ihm Moncada noch einmal sagen.
Weil Moncada und Sandino Nachbarn waren,
Moncada aus Masatepe und Sandino aus Niquinohomo.

---

* Spitzname für Leute aus Nicaragua.

** Moncada, Präsident Nicaraguas, hatte sich gegen Soldaten Nordamerikas aufgelehnt.

*** Gebirge in Nicaragua.

**** Leiter der amerikanischen Intervention.

Und Sandino antwortet Moncada:
»Der Tod bedeutet mir nichts.«
Und schreibt an Stimpson: »Ich vertraue auf den Mut meiner
Leute.«
Und an Stimpson, nach der ersten Niederlage:
»Wer glaubt, wir seien besiegt,
kennt meine Männer nicht.«

Und er war weder Militär noch Politiker.
Und seine Männer:
viele waren Jungen,
mit Palmstrohhüten und mit Sandalen,
oder barfuß, mit Buschmessern, Alte
mit weißen Bärten, zwölfjährige Kinder mit ihren Gewehren,
Weiße, undurchdringliche Indios, und Blonde, und Schwarze
mit zerrissenen Hosen und ohne Proviant,
die Hosen in Fetzen,
in Indianerreihe marschierend, die Fahne voran,
– ein Lumpen an einen Stock gebunden –
schweigend durch den Regen, und müde,
die Sandalen waten durch die Pfützen des Dorfes
Viva Sandino!
Und sie kamen vom Gebirge, und sie gingen ins Gebirge zurück,
marschierend, watend, mit der Fahne voran.
Eine Armee auf nackten Füßen oder in Sandalen, fast ohne Waffen,
in der weder Disziplin noch Unordnung herrschte,
und in der weder Führer noch Truppe Sold erhielten,
doch niemand war gezwungen zu kämpfen:
und es gab militärische Ränge, aber alle waren gleich
ohne Unterschied bei der Verteilung des Essens
und der Kleidung, dieselbe Ration für alle.
Und die Führer hatten keine Adjutanten:
eher eine Gemeinschaft als eine Armee
und einig eher durch Liebe als durch Militärdisziplin,
und doch gab es nie eine größere Einigkeit in einem Heer.
Ein fröhliches Heer, mit Gitarren, mit Umarmungen.
Ein Liebeslied war ihr Kriegsgesang:

Wenn Adelita mit einem anderen ginge,
Würde ich ihr folgen übers Land, übers Meer.
Auf dem Meer nähm ich ein Kriegsschiff,
*Auf dem Land einen Zug des Militär**.

»Die Umarmung ist unser aller Gruß«,
sagte Sandino – und niemand hat so umarmt wie er.
Und immer, wenn sie von sich sprachen, sagten *alle*:
»Wir alle ...« »Wir alle sind gleich.«
»Hier sind wir alle Brüder«, sagte Umanzor**.
Und alle blieben zusammen, bis man sie umgebracht hatte.
Gegen Flugzeuge kämpften sie mit Bauerntruppen,
einziger Sold das Essen, die Kleidung und die Waffen,
und jede Kugel, als sei sie aus purem Gold,
geschossen wurde mit Mörsern, aus Eisenrohren,
und mit Bomben aus Steinen und Glasstücken,
gefüllt mit Dynamit aus den Minen und in Felle gepackt,
mit Granaten aus Sardinenbüchsen.

»He is a bandido«, sagte Somoza, »a bandolero.«
Und Sandino hatte nie Eigentum.
Was übersetzt heißt:
Somoza nannte Sandino einen Straßenräuber.
Und Sandino hatte nie Eigentum.
Und Moncada nannte ihn Bandit bei den Banketten,
und Sandino hatte in den Bergen nicht mal Salz,
und seine Männer zitterten im Gebirge vor Kälte,
und auf das Haus seines Schwiegervaters hatte er Geld
aufgenommen,
um Nicaragua zu befreien, während im Präsidentenhaus
Moncada auf Nicaragua Geld aufnahm.
»Natürlich ist er kein Räuber«, meinte der amerikanische Minister
lachend, »aber wir nennen ihn bandolero im technischen Sinne.«

---

* Mexikanisches Volkslied, das die Soldaten Pancho Villas sangen.
** Guerillageneral in Sandinos Armee.

Was ist das für ein Licht in der Ferne? Ist es ein Stern?
Es ist das Licht Sandinos in den schwarzen Bergen.
Da ist er mit seinen Männern neben dem roten Strohfeuer,
die Gewehre geschulter und in Decken gehüllt,
rauchend oder traurige Lieder aus dem Norden singend,
reglos die Männer, ihre Schatten bewegt.

Sein Gesicht war ausdruckslos wie das eines Geistes,
entrückt beim Meditieren und in Gedanken
und ernst in Aktionen und bei Unwettern.
Und Sandino hatte kein Soldatengesicht,
sondern das eines Dichters, der Soldat wird aus Notwendigkeit,
und das eines unruhigen Menschen, der beherrscht ist von
Heiterkeit.
Zwei Gesichter waren in seinem Gesicht:
ein Ausdruck, der dunkel war und gleichzeitig leuchtend;
traurig wie ein Nachmittag in den Bergen
und fröhlich wie der Morgen in den Bergen.
Im Licht verjüngte sich sein Gesicht,
und im Schatten wuchs darin die Erschöpfung.
Und Sandino war weder klug noch gebildet,
doch er kam klug zurück aus den Bergen.

»In den Bergen lernt sich alles«, sagte Sandino
(und er träumte von der Provinz Segovia – voller Schulen),
und er bekam Nachrichten von allen Bergen,
und es schien, als spioniere jede Hütte für ihn
(dort, wo der Fremde wie der Bruder aufgenommen wird,
jeder Fremde, auch der »americano«)
»auch die Yankees . . .«
Und: »Gott wird für die Segovianer sprechen . . .« sagte er.
»Nie habe ich geglaubt, daß ich lebend diesen Krieg überstehe,
aber immer habe ich geglaubt, daß er notwendig war . . .«
Und: »Glaubt ihr, daß ich Großgrundbesitzer werde?«

Es ist Mitternacht in den Bergen Segovias.
Und das Licht ist Sandino! Ein Licht und ein Lied . . .
Wenn Adelita mit einem anderen ginge.

Aber die Nationen haben ihr Schicksal.
Und Sandino war nie Präsident,
doch der Mörder Sandinos war Präsident,
und er war Präsident 20 Jahre lang.
Wenn Adelita mit einem anderen ginge,
Würd ich ihr folgen übers Land, übers Meer.
Die Entwaffnung wurde beschlossen. Man lud die Waffen auf
Karren.
Mit Pittahanfstricken gebunden, verrostete Gewehre
und einige alte Maschinengewehre.
Und die Karren fahren herab vom Gebirge.
Auf dem Meer nähm ich ein Kriegsschiff,
Auf dem Land einen Zug des Militär.

Telegramm des amerikanischen Ministers (Mr. Lane)
an den Staatssekretär – aufgegeben in Managua
am 14. Februar 1934 um 18.05 Uhr
und empfangen in Washington um 20.50 Uhr:
»Aus amtlicher Quelle erfahren wir,
daß das Flugzeug nicht in Wiwilí landen konnte,
folglich verzögert sich die Ankunft Sandinos ...«

Das Telegramm des amerikanischen Ministers (Mr. Lane)
an den Staatssekretär vom 16. Februar,
die Ankunft Sandinos in Managua betreffend,
Not Printed
wurde nicht im Bericht des Ministeriums veröffentlicht.

Wie die Guardatinaja, die aus dem Gebüsch
auf die Landstraße kommt und von Hunden in die Enge getrieben
wird,
und vor den Schützen verharrt,
weil sie weiß, daß sie nirgendwohin kann ...

I talked with Sandino for half an hour
– sagte Somoza dem amerikanischen Minister –
but I can't tell you what he talked about
because I don't know what he talked about
because I don't know what he talked about.

»Und ihr werdet schon sehen, daß ich nie Eigentum haben werde ...«
Und: »Es ist ver-fas-sungs-wi-drig!« sagte Sandino.
»Die Guardia Nacional* ist verfassungswidrig.«
»An insult!« sagte Somoza dem amerikanischen Minister
am EINUNDZWANZIGSTEN FEBRUAR um 18.00 Uhr.
»An insult! I want to stop Sandino.«

Vier Gefangene gruben ein Grab.

»Wer ist gestorben?« fragte ein Häftling.
»Niemand«, sagte die Wache.
»Wofür ist dann das Grab?«
»Was geht es dich an,« sagte die Wache, »grab weiter.«

Der amerikanische Minister ißt zu Mittag mit Moncada.
»Will you have coffee, Sir?«
Moncada sieht unbewegt zum Fenster.
»Will you have coffee, Sir?«
»It's very good coffee, Sir.«
»What?« Moncada sieht vom Fenster weg,
sieht den Diener an: »Oh yes, I'll have coffee.«
Und lacht. »Certainly.«

In einer Kaserne sind fünf Männer in einem verschlossenen Raum
mit Wachen vor Türen und Fenstern.
Einem der Männer fehlt ein Arm.
Kommt der fette Chef mit den Orden, sagt zu ihnen: »Yes.«

Ein anderer Mann wird in dieser Nacht mit dem Präsidenten zu Abend speisen
(als der Mann, für den man das Grab grub),
und er sagt seinen Freunden: »Gehen wir. Es ist Zeit.«
Und sie fahren hinauf, um mit dem Präsidenten von Nicaragua
zu Abend zu speisen.

---

* Nationalgarde, bestehend aus Armee und Polizei. Die Somozas (Vater und Sohn) waren bisher die einzigen Kommandanten.

Um 10 Uhr nachts steigen sie in Managua aus dem Auto.
An der Stadteinfahrt hält sie die Guardia an.
Die beiden Älteren nimmt man in einem Auto mit,
und die anderen drei in einem anderen Auto in eine andere
Richtung,
wo vier Gefangene ein Grab gegraben hatten.
»Wohin fahren wir?«
fragte der Mann, für den man das Grab geschaufelt hat.
Und niemand antwortete ihm.

Später hielt das Auto, und die Guardia sagte:
»Steigt aus.« Die drei stiegen aus,
und der Mann, dem ein Arm fehlte, rief: »Feuer!«

»I was in a concierto«, sagte Somoza.
Und so war es, er war in einem Konzert
oder bei einem Bankett oder er ließ eine Tänzerin tanzen oder
wer weiß welche Scheiße sonst –.
Und um 10 Uhr nachts hatte Somoza Angst.
Plötzlich schrillte das Telefon.
»Sandino möchte Sie sprechen.«
Und er hatte Angst. Einer seiner Freunde meinte:
»Sei nicht feige, du Bock.«
Somoza befahl, den Hörer nicht abzunehmen.
Die Tänzerin fuhr fort, für den Mörder zu tanzen.
Und draußen im Dunkel schrillte
und schrillte das Telefon.

Beim Schein einer Taschenlampe
schaufeln vier Männer ein Grab zu.
Und beim Schein eines Februarmondes.

Es ist die Stunde, da der Morgenstern die Mädchen weckt
von Chontales, daß sie Maisbrei kochen,
und der Gummisammler, der Holzfäller und der Wurzelsammler
aufbrechen,
die Bananenfelder vom Mond noch in Silber getaucht,

da: das Heulen des einsamen Präriewolfs und der Schrei des kleinen
Papagei
und das Pfeifen der Schleiereule im Mondlicht.
Die Guardatinaja und die Guatuza kommen aus ihren Löchern,
und die Pocoyos und die Gespensterhunde verkriechen sich wieder.
Die Weinende heult am Ufer der Flüsse:
»Hast du's gefunden?« »Nein.« »Hast du's gefunden?« »Nein.«
Ein Vogel klagt wie das Stöhnen eines Baumstumpfs,
dann schweigt die Schlucht, als horche sie auf etwas,
und da: ein Schrei ... Von weither spricht der Vogel
dasselbe traurige Wort, dasselbe traurige Wort.
Die Bauern beginnen ihre Kühe zu rufen:
Tóooo-tó-tótó, Tóooo-tó-tótó, Tóooo-tó-tótó,
die Fischer setzen die Segel auf ihren Booten,
der Telegraphist von San Rafael del Norte telegraphiert:
GUTEN MORGEN NICHTS NEUES IN SAN RAFAEL DEL
NORTE
und der Telegraphist aus Juigalpa: NICHTS NEUES IN
JUIGALPA
Und die Stämme kommen den Rio Escondito herunter
mit den Enten, die schreien cuá-cuá-cuá, und die Echos,
die Echos, während der Schlepper mit den Stämmen entschwindet
auf dem grünen Grasfluß,
hinunter zum Atlantik ...

Und in den Salons des Präsidentenpalasts
und in den Höfen der Gefängnisse und in den Kasernen
und in der amerikanischen Botschaft und auf der Polizeistation
sehen sich die, die wach waren während der Nacht, im blassen
Morgenrot an, die Gesichter und Hände befleckt wie von Blut.

»I did it«, sagte später Somoza.
»I did it for the good of Nicaragua.«

Und William Walker* meinte, bevor man ihn umbrachte:
»Der Präsident Nicaraguas ist Nicaraguaner.«

---

* Amerikaner, der sich im 19. Jahrhundert selbst zum Präsidenten Zentralamerikas ernannt hatte.

Im April sind die Felder Nicaraguas trocken.
Das ist der Monat der Feldbrände,
der Hitze und der glühenden Koppeln
und der Wälder, die die Farbe von Kohlen haben,
des heißen Winds und der Luft, die verbrannt riecht,
und der Felder, die blau sind im Rauch
und der Staubwolken der Traktoren, die Stümpfe ausreißen,
der trockenen Flüsse, die wie Wege sind,
und der Äste, kahl wie Wurzeln,
der verschwommenen roten Sonnen wie Blut
und der riesigen roten Monde wie Sonnen
und der fernen Brände des Nachts wie Sterne.

Im Mai kommen die ersten Regen.
Das zarte Gras wird aus der Asche neu geboren.
Die verschmierten Traktoren brechen die Erde auf.
Die Wege sind voller Schmetterlinge und voll Pfützen,
und die Nächte sind kühl und voller Käfer,
und es regnet die ganze Nacht. Im Mai
blühen die Malinchebäume in den Straßen Managuas.
Aber der April ist in Nicaragua der Monat des Todes.

Im April wird man umgebracht.
Ich war mit ihnen in der Aprilrebellion
und lernte ein Rising-Gewehr zu bedienen.
Und Adolfo Baéz Bone* war mein Freund:
Man verfolgte ihn mit Flugzeugen, mit Lastwagen,
mit Scheinwerfern, mit Tränengasbomben,
mit Radios, mit Hunden, mit Guardias,
und ich erinnere mich der roten Wolken über dem Präsidentenhaus
wie blutige Wattefetzen
und des roten Mondes über dem Präsidentenhaus.
Der Geheimsender sagte, er lebt.

---

* Freiheitskämpfer.

Das Volk glaubte nicht, daß er tot sei.
(Und er ist nicht tot.)
Weil manchmal ein Mensch geboren wird auf einer Erde,
die diese Erde ist.
Und die Erde, in der dieser Mensch begraben ist,
ist dieser Mensch.
Und die Menschen, die später in dieser Erde geboren werden,
sind dieser Mensch.
Und Adolfo Baéz Bone war dieser Mensch.

»Wenn man mir sagte, ich solle mein Schicksal wählen
(hatte mir Baéz Bone drei Tage vorher gesagt),
zwischen: ermordet wie Sandino,
und: Präsident wie der Mörder Sandinos –
ich würde das Schicksal Sandinos wählen.«
Und er wählte sein Schicksal.
Ruhm ist nicht das, was in den Geschichtsbüchern gelehrt wird:
Ruhm ist ein Schwarm Geier auf einem Feld und ein starker
Gestank.
Doch wenn ein Held stirbt,
stirbt man nicht:
dieser Held wird wiedergeboren
in einer Nation.

Dann schickten die USA für Somoza mehr Waffen;
fast einen halben Morgen lang fuhren die Waffen vorbei;
Lastwagen um Lastwagen mit Kisten voll Waffen;
alle gestempelt: USA, MADE IN USA,
Waffen, um noch mehr Gefangene zu machen, um Bücher zu
verfolgen,
um Juan Potosme* fünf Pesos zu stehlen.
Ich sah diese Waffen durch die Roosevelt-Allee fahren.
Und die schweigenden Menschen auf den Straßen sahen sie
entlangfahren:
der Magere, der Barfüßige, der mit dem Fahrrad,

* Der kleine Mann auf der Straße.

der Schwarze, der mit der dicken Nase, die in Gelb,
der Große, der Blonde, der Kahlkopf, der mit dem Schnurrbart,
der Plattnäsige, der Glatthaarige, der Kraushaarige, der
Rachitische,
und das Gesicht all dieser Menschen
war das eines toten Ex-Leutnants.

Die Musik der Mambos klang bis Managua hinunter.
Mit seinen roten und trüben Haifischaugen,
Haifisch mit Leibwachen und Kriegsgerät
(*Eulamia nicaraguensis*),
tanzte Somoza den Mambo
Mambo Mambo
den tollen Mambo,
als man ihn umbrachte.
Und Tachito Somoza (der Sohn) geht ins Präsidentenhaus hinauf,
um ein blutbeflecktes Hemd zu wechseln
mit einem sauberen.
Befleckt mit Blut und Betrug.
Die Hunde des Gefängnisses heulten vor Mitleid.
Die Nachbarn der Kaserne hörten die Schreie.
Zuerst war's ein einziger Schrei mitten in der Nacht
und später noch mehr Schreie und noch mehr Schreie
und dann Schweigen . . . Dann ein Entladen
und ein einziger Schuß. Dann wieder Schweigen,
und ein Krankenwagen.

Und im Kerker heulen die Hunde schon wieder.
Das Kreischen des Eisentors, das sich schließt
hinter dir, und dann fangen die Fragen an
und die Anklage, die Anklage wegen Verschwörung
und das Geständnis und später die Wahngebilde,
das Foto deiner Freundin brennt wie das grelle Licht
vor dir und die Nächte sind voller Geschrei
und Lärm und Schweigen, ein Grabesschweigen,
und von neuem dieselbe Frage, dieselbe Frage
und dasselbe Kreischen noch einmal und das grelle Licht in den Augen

und später die langen folgenden Monate.
Ach, wenn man sich diese Nacht in sein Bett legen könnte
ohne Angst, geweckt und aus dem Haus geschleppt zu werden
mit Schlägen ans Tor und dem Klingeln in der Nacht.

Schüsse bellen in der Nacht, oder es scheinen Schüsse zu sein.
Schwere Lastwagen fahren vorbei, sie halten an
und fahren weiter. Jemand hat ihre Stimmen gehört.
Da an der Ecke. Vielleicht lösen sie die Wache ab.
Jemand hat ihr Lachen und ihre Waffen gehört.
Der Schneider von gegenüber hat das Licht angemacht.
Und es ist, als hätten sie hier geklopft. Oder beim Schneider.
Wer weiß, ob du diese Nacht nicht auf der Liste stehst.
Und die Nacht hat kein Ende. Und da sind noch viele Nächte.
Und der Tag wird nur eine Nacht mit Sonne sein.
Die Ruhe der Nacht unter dem riesigen Sonnenball.

Der amerikanische Minister, Mr. Whelan,
nimmt an der Fiesta im Präsidentenhaus teil.
Man sieht die Lichter des Präsidentenhauses von überall in Managua.
Die Musik der Fiesta dringt bis in die Zellen der Gefangenen
in der lauen Brise Managuas unter dem Ausnahmezustand.
Die Gefangenen können in ihren Zellen die Musik hören
zwischen den Schreien der in den Brunnen Gefolterten.
Oben im Präsidentenhaus sagt Mr. Whelan:
                    Fine party!

Wie der sonofabitch* Roosevelt zu Sumner Welles sagte:
»Somoza is a sonofabitch
                    but he's ours.«
Sklave der Ausländer
                    und Tyrann seines Volkes,
aufgezwungen von der Intervention,
                    aufrechterhalten von der Nicht-Intervention.
SOMOZA FOREVER

---

* Vulg.-amerik.: Hurensohn.

Der Spion, der tagsüber ausgeht,
der Agent, der ausgeht des Nachts,
und die nächtliche Haft:
Die, die verhaftet werden, weil sie in einem Bus geredet
oder *Viva* gerufen
oder einen Witz erzählt haben.
»Angeklagt, über den Herrn Präsidenten schlecht gesprochen zu
haben . . .«
Und die Prozesse mit einem froschgesichtigen Richter
oder vor Kriegsgerichten mit hundegesichtigen Guardias:
Über jene, die man zwang, Urin zu trinken und Scheiße zu fressen
(wenn ihr eine Verfassung habt, denkt daran!),
die mit dem Bajonett im Mund und mit der Nadel im Auge,
mit den elektrischen Kontakten und dem grellen Licht in den
Augen.
– »Er ist ein Hurensohn, Mr. Welles, aber er ist unser.«
Und in Guatemala, in Costa Rica, in Mexico
wachen die Verbannten auf in der Nacht,
träumen davon, daß man ihnen das »Maschinchen« anlegt
oder daß sie gefesselt sind, von neuem,
und sie sehen Tachito mit der Nadel kommen.
»Und galán*, Mensch . . .«
(sagte ein Bauer).
»Ja, er war's. Und galán, Mensch . . .
Weiß, in seinem gelben Hemdchen
mit kurzen Ärmeln,
Galán, der Bock.«

Wenn es Nacht wird in Nicaragua, füllt sich das Präsidentenhaus
mit Schatten. Und es erscheinen Gesichter.
Gesichter im Dunkel.
Blutbefleckte Gesichter.
Adolfo Baéz Bone, Pablo Leal ohne Zunge,
Luis Gabuardi, den man lebendig verbrannte

---

* Bedeutet »hübscher Mann« und »Liebhaber«, ist auch der Name eines berüchtigten Offiziers der Guardia Nacional.

und der sterbend schrie: TOD DEM SOMOZA!
Das Gesicht des 16jährigen Telegraphisten
(man kennt nicht einmal seinen Namen),
der bei Nacht geheime Botschaften weitergab
nach Costa Rica, zitternde Telegramme
durch die Nacht, hinaus aus Tachos düsterem Nicaragua
(und er wird nicht in den Geschichtsbüchern stehen),
und er wurde entdeckt, und er starb angesichts dieses Tachito,
sein Gesicht sieht ihn noch immer an. Der Junge,
den man des Nachts antraf, wie er Plakate anklebte:
SOMOZA IST EIN DIEB
und er wird im Gebirge gejagt von lachenden Guardias . . .
Und so viele andere Schatten, so viele andere Schatten;
die Schatten der Schwärme von Geiern aus Wiwilí,
der Schatten Estradas*, der Schatten Umanzors**;
der Schatten von Socrates Sandino***;
und der riesige Schatten des riesigen Mordes,
der Schatten Augusto César Sandinos;
jede Nacht füllt sich das Präsidentenhaus in Managua
mit Schatten.

Aber der Held wird geboren, wenn er stirbt,
und das grüne Gras wird wiedergeboren aus der Asche.

---

* Guerillageneral in Sandinos Armee.
** Guerillageneral in Sandinos Armee.
*** Bruder Sandinos.

GETHSEMANY, KENTUCKY

1960

Es wurde Frühling im trappistischen Friedhof,
im grünen Friedhof mit frisch gemähtem Gras,
mit den eisernen Kreuzen in Reihen wie die Saat auf den Feldern,
wo der Kardinalvogel seine Geliebte ruft und die Geliebte
dem Ruf ihres roten Geliebten antwortet.
Wo der Zaunkönig Zweige sammelt für sein Nest
und man das Rattern des gelben Traktors hört
jenseits der Landstraße, hinter dem Zaun.
Jetzt seid ihr Phosphor, Stickstoff und Pottasche.
Und mit dem nächtlichen Regen, der Wurzeln auswäscht
und Knospen öffnet, ernährt ihr die Pflanzen,
wir ihr die Pflanzen gegessen habt, die vor dem Menschen waren
und Pflanzen davor und Phosphor davor, Stickstoff und Pottasche.
Doch wenn der Kosmos zurückkehrt zum einstigen Wasserstoff
– weil wir Wasserstoff sind und zu Wasserstoff werden –
auferstehet ihr nicht allein, wie ihr begraben seid,
sondern in eurem Körper wird auferstehen die ganze Erde:
der nächtliche Regen, das Nest des Zaunkönigs,
die schwarzweiße Holsteinkuh dort auf dem Hügel,
die Liebe des Kardinalvogels und der Traktor im Mai.

Wie die Schwärme der Enten, die schreiend vorüberziehn,
die in den Nächten des Herbstes schreiend vorüberziehn,
zu südlichen Seen, die nie sie gesehen,
und die nicht wissen, wer sie lenkt, nicht wissen, wohin:
so wurden wir gelenkt hin zu dir, ohne zu wissen, wohin.
Und wie die Schwärme der Enten, die von Süden kommen,
im Frühling, vom Süden Amerikas,
und die durch Kentucky ziehn, schreiend des Nachts.

Da ist ein Lärmen von Traktoren auf den Wiesen.
Die rosa Pflaumenbäume stehen in Blüte.
Sieh: in Blüte stehen die Apfelbäume.
Geliebter, dies ist die Zeit der Liebe.
Die Stare singen im Maulbeerbaum.
Die Landstraßen riechen frisch asphaltiert,
und die Autos fahren vorbei mit dem Lachen von Mädchen.
Sieh: die Zeit der Liebe ist da.
Jedem Vogel folgt fliegend ein andrer.

Der Frühling kam mit seinem Duft nach Nicaragua:
dem Duft von regenfeuchter Erde, dem Duft von Wärme,
von Blumen, von freigewaschenen Wurzeln und tropfenden
Blättern
(und ich hörte das Muhen des Viehs in der Ferne . . .)
Oder ist es der Duft von Liebe? Doch dies ist nicht deine Liebe.
Noch die Liebe zum Vaterland jenes Diktators: des fetten
Diktators im Sportanzug und mit Texashut,
mit prächtiger Yacht durch die Landschaften deines Schlafs:
er hat dies Land geliebt und bestohlen und dann besessen.
Und nun ruht in seinem geliebten Land der einbalsamierte Diktator,
da dich die Liebe in die Verbannung trieb.

All jene Tage fährt der »Louisville & Nashville«
über die Felder Kentuckys singend vorüber,
und es scheint mir, als hörte ich das Bähnlein aus Nicaragua,
wenn es am Ufer des Sees von Managua entlangfährt,
zu Füßen des Momotombo, kurz vor der Ankunft
in Mateare, oder wenn er die Kurve durchfährt
vor der Insel des Vogels, pfeifend und singend
sein eisernes Lied aus Rädern und Schienen,
die ersten Lichter von Managua dort
in der Ferne, gespiegelt im Wasser . . .
Und der »Louisville & Nashville« entfernt sich singend.

Die Autos kommen und gehen vorüber
vor dem Noviziat, wie die Wellen des Meeres.
Man hört, wie das Brausen von Ferne zunimmt,
mehr und mehr, das Heulen des Motors,
das Singen der Reifen auf dem nassen Asphalt,
und dann wird es leiser und leiser, und dann hört man nichts mehr.
Und noch ein Motorenlärm wächst in der Ferne.
Wie die Wellen des Meeres. Und ich lief wie die Wellen
über geteerte Straßen, die nirgendwohin gehn.
Und manchmal ist mir, als liefe ich immer noch,
und nur im Traum komm ich irgendwo an,
und ich sehe nicht einfach die Autos vorüberfahren,
sondern erblicke diesen Ort mit Zerstreutheit
vom Auto aus, das soeben vorüberfährt.

Wenn die ersten Reklamen aufleuchten
und die Marquisen der Kinos angestrahlt werden,
kann man hier nur noch die Schwalben hören.
Um sieben Uhr legen Trappisten sich schlafen.
Noch ist es hell, als sei Mittag,
und Vollmond ist, als sei Mitternacht.
Die Pferde stehn schweigend im Stall.
Die Lastwagen schlafen in ihren Garagen,
und die arbeitslosen Traktoren stehn vor der Scheune.
Und über dem Wassertank: der Mond von Aluminium.

Vor dem Kloster an der Straße
steht eine Ampel, die rot und gelb
angeht und ausgeht, bei Tag und bei Nacht.
Gelb für die Straße
und Rot für das Kloster.
Nachts geht niemand die Straße entlang,
und niemand kommt aus dem Kloster.
Doch da steht die einsame Ampel,
hängt an der Straße zwischen den Sternen,
an und aus geht das rote
und gelbe Licht; rot – rot – rot
STOP – STOP – STOP
immer nur Rot für das Kloster!

Mich weckt in der Zelle der lange Güterzug,
den man des Nachts von fern kommen hört,
und da fährt er vorbei, und er pfeift, und es scheint,
als käme er nie mehr wieder.
Wagen um Wagen rattert dahin.
Ich drehe mich um, will schlafen, und immer noch fährt er vorbei,
schnaubt dort in der Ferne und pfeift noch,
und zwischen zwei Träumen frage ich mich, warum da noch Züge
 sind,
und wem sie die Güter bringen, und was sie bringen,
und woher die Wagen kommen, und wohin sie gehen.

In der Nacht leuchten die Wörter:
PEPSI-COLA
PALMOLIVE CHRYSLER COLGATE CHESTERFIELD
erlöschen und flammen auf und erlöschen und flammen auf,
rote, grüne, blaue Lichter an Hotels und an Bars
und an Kinos, die Trappisten erheben sich zum Chorgebet
und entzünden die fluoreszierenden Lampen
und öffnen die großen Psalter und Antiphonen
inmitten von Tausenden Radios, inmitten von Tausenden
Fernsehern.
Das sind die Lampen der klugen Jungfrauen, die auf den
Bräutigam warten in der Nacht der Vereinigten Staaten.

2 Uhr morgens. Die Stunde des Nachtgebets, und die Kirche
scheint im Halbschatten voller Dämonen zu sein.
Dies ist die Stunde der Finsternis und der Fiestas.
Die Stunde all meiner Dinge. Und meine Vergangenheit kehrt
zurück.
»Und meine Sünde steht immer vor mir.«
Und während wir Psalmen singen, tritt die Erinnerung
in mein Gebet wie ein Radio, wie eine Musikbox.
Alte Bilder aus Filmen kommen zurück. Alpträume, Stunden
allein in Hotels, Bälle, Reisen, Küsse, Bars.
Und vergessene Gesichter stehn auf. Unheimliche Dinge.
Somoza, ermordet, kommt aus seinem Grab. (Mit
Sehun, dem König der Liebesgeschichten, und Og, dem König von
Basán.)
Die Lichter des »Copacabana« glitzern im schwarzen Wasser,
das aus den Kloaken Managuas quillt, hinter der Mole.
Absurde Gespräche, des Nachts, und betrunken,
wieder und wieder, wie eine Platte mit Sprung.
Und das Rufen des Roulette, und die Musikbox.
»Und meine Sünde steht immer vor mir.«
Das ist die Stunde, da die Lichter funkeln an den Bordellen
und Kneipen. Das Haus des Kaiphas ist voller Menschen.
Die Lichter brennen im Palast des Somoza.
Das ist die Stunde, da sich das Kriegsgericht trifft
und die Folterknechte hinuntersteigen zum Kerker.
Die Stunde der Geheimpolizei und der Spione,
wenn die Räuber und Ehebrecher die Häuser umschleichen
und man die Leichen versteckt. Ein Bündel fällt ins Wasser.
Das ist die Stunde, da die Sterbenden mit dem Tode ringen.
Die Stunde des Schweigens im Garten und der Versuchungen.
Draußen singen traurig die Vögel,
sie rufen die Sonne. Das ist die Stunde der Finsternis.
Und die Kirche ist kalt, wie voller Dämonen,
während wir weiter des Nachts unsere Psalmen singen.

Wie leere Bierdosen und kalte
Kippen, so waren meine Tage.
Wie Gestalten, die über den Fernsehschirm huschen
und wieder fort sind, so ist mein Leben vergangen.
Wie die Autos, die eilig die Straße entlangziehn
mit dem Lachen von Mädchen, mit Musik aus dem Radio . . .
Und das Schöne ging schnell dahin, wie neue Automodelle
und wie die Schlager im Radio, die nicht mehr modern sind.
Und nichts blieb von jenen Tagen, nichts,
als leere Bierdosen und kalte Kippen,
als ein Lachen auf bräunlichen Fotos, Fahrscheine, zerrissen,
und das Sägemehl, mit dem man morgens die Bars kehrt.

Pfeift da eine Fabrik im Feld
wie ein Schiff pfeift:
Wie das Dampfboot »Victoria« pfiff
auf dem See. (Bevor die alte »Victoria«
im See versank.)

Frater Zyprian, Frater Anselm, Frater Alberich,
Frater Plazidus: meine Brüder, deren Namen ich nicht kenne
– verborgen in ihren weißen Kapuzen und schweigsam –
noch woher sie sind. Heißen sie Bill, Tom, Bob, Jack,
Jim? Sind sie aus Detroit, aus St. Louis, aus New York?
In welchen Städten haben sie mit Freunden in Bars getrunken,
sind sie mit Mädchen ins Kino gegangen und in Geschäfte,
jagten sie in ihren Cabrios durch leuchtende Alleen?
Ihre weißen Kutten kehrten zurück in die Kleiderkammern
oder werden von neuen Novizen getragen. Andere heißen jetzt
Frater Anselm, Frater Alberich, Frater Plazidus.
Und Jim oder Jack sind nach Detroit oder New York
zurückgekehrt.
Meine weißen Gefährten so vieler Stundengebete
und so vieler Stunden im Wald, wo wir Holz fällten,
und in den Kreuzgängen, unter den Kapuzen, schweigend:
die Freunde, die ich geliebt hab, von denen ich nicht weiß, wo sie sind
noch ihre Namen, nicht, wer sie sind.

Heute nacht hat es geregnet, und jetzt steht der Regen
auf, weiß von den Feldern.
Das Land, wie in weiße Nacht getaucht,
und weiß strahlt die Sonne wie ein Mond.
Die welken Blätter fallen und fallen.
Alle Blätter des Waldes werden fallen!
Die Krähe kreischen
im Nebel.
Und im Wald bellt ein Schuß.
(Jemand schießt.)

Diese Autohupe da kenne ich,
und dieser Wind, der durch die Fichten braust
und das Wellblechdach des Noviziats zum Zittern bringt,
erinnert mich an zu Hause. Jemand ruft aus dem Wagen.
Aber mein Haus, nah bei der Straße,
auf der stets die Autos vorbeifuhren,
ist seit Jahren verkauft, und Fremde wohnen darin.
Der Wagen war unbekannt, und schon ist er fort.
Nur der Wind ist derselbe. Nur das Brausen
dieses Tages, regnerisch im Herbst, ist mir vertraut.

Die Bäume sind wie die Haare von roten und
blonden Mädchen. Die tropfenden Blätter, rote und goldene,
fallen und fallen, wie Haare.
Wieder ist Herbst. Schnell ist ein Jahr vorbei,
wie der Zug, der pfeifend vorbeifuhr hinter den Bäumen,
wie das silbrige Flugzeug, das vorüberflog und nicht mehr umkehrt,
wie die Vögel, die über uns hinziehn, gen Spanischamerika.

Ich löschte das Licht, um den Schnee zu sehn.
Und sah den Schnee durch das Fenster und sah den Neumond.
Doch dann sah ich, daß Schnee und Mond nur wieder Fenster sind,
und durch diese Fenster sahst Du mich an.

Du umpfängst uns wie der Nebel
an diesem Wintermorgen.
Ich hör dich im Schrei der Krähe,
im Grunzen der fressenden Schweine
und im Hupen eines Autos auf der Straße.

Es ist, als finde im Wald eine Party statt,
und wie das Klirren von Eis in den Gläsern
und von Gläsern an Gläsern, wenn man einander zutrinkt
und wie gläserne Lüster in einem Festsaal:
hört man das Klirren des Waldes, von Reif überzogen,
und das Eis in der Einsamkeit gegen das Eis brechen.

Ich weiß nicht, wer da im Schnee ist.
Man sieht nur das weiße Gewand im Schnee,
und zunächst hab ich niemand gesehen:
nur dies reine Weiß des Schnees in der Sonne.
Den Novizen im Schnee sieht man kaum.
Und ich spüre, daß noch etwas in diesem Schnee ist,
weder Novize noch Schnee, und man sieht es nicht.

Hinter dem Friedhof, neben dem Weg,
ist ein Friedhof voll Abfall,
wo rostiges Eisen liegt, Scherben
von Ton, zerbrochene Rohre, verbogener Draht,
leere Zigarettenschachteln, Sägemehl
und Bleche, altes Plastik, abgefahrene Reifen,
und alles wartet wie wir auf die Auferstehung.

EPIGRAMME

1961

Dir geb ich, Claudia, diese Gedichte, weil du ihre Herrin bist.
Ich hab sie einfach geschrieben, damit du sie verstehst.
Nur für dich sind sie, doch wenn sie dich nicht interessieren,
werden sie eines Tages vielleicht in ganz Spanischamerika
verbreitet . . .
Und wenn du die Liebe verachtest, die mir diese Zeilen diktiert hat,
dann werden andere von dieser Liebe träumen, für die sie nicht
bestimmt war.
Und vielleicht siehst du dann, Claudia, wie diese Verse
(geschrieben, um dich zu erobern) Küsse wecken
in andern verliebten Paaren, die sie lesen,
die Küsse, die er nicht in dir wecken konnte: der Dichter.

Gib acht, Claudia, wenn du bei mir bist,
weil die zärtlichste Geste, jedes Wort, ein Seufzer
von Claudia, die kleinste Unachtsamkeit
vielleicht eines Tages von Gelehrten geprüft wird,
und durch Jahrhunderte wird man von Claudias Tanz wissen.

Claudia, das seh ich voraus.

Nichts wird bleiben für die, die uns folgen,
von diesen Kinos, Claudia, von diesen Festen,
von diesen Pferderennen –
nur die Gedichte des Ernesto Cardenal für Claudia
(wenn überhaupt)
und Claudias Name, den ich in diese Verse brannte,
und die meiner Rivalen, wenn ich mich entschließe,
sie dem Vergessen zu entreißen und auch sie in meine Verse
einzuschließen,
um sie zum Gespött zu machen.

Als ich dich verlor, haben wir beide verloren:
ich, weil du warst, was am meisten ich liebte,
und du, weil ich es war, der am meisten dich liebte.
Doch von beiden verlierst du mehr als ich:
weil ich andere lieben kann, wie ich dich liebte,
aber dich wird niemand so lieben wie ich.

Sie sagten mir, daß du mit einem anderen gehst,
da ging ich in mein Zimmer
und schrieb den Artikel gegen die Regierung,
für den ich jetzt im Gefängnis bin.

Man hat sie verkauft an Kelly & Martinez GmbH und Co.,
und viele werden Geschenke aus Silber schicken,
und andere schicken versilberte Geschenke,
und ihr ehemaliger Geliebter schickt ihr dies Epigramm.

Ich habe Flugblätter verteilt,
hab geschrien: Es lebe die Freiheit! auf offener Straße,
hab die bewaffnete Guardia provoziert.
Ich war bei der Aprilrebellion dabei:
doch ich erbleiche, wenn ich an deinem Haus vorbeigeh',
und schon dein Blick macht mich zittern.

ICH MACHE PROPERZIUS NACH

Nicht singe ich die Verteidigung Stalingrads
noch den Feldzug Ägyptens
noch die Landung auf Sizilien
noch die Überquerung des Rheins durch General Eisenhower:

Ich singe die Eroberung eines Mädchens.

Nicht mit Schmuck vom Juwelier Morlock
noch mit Parfums von Dreyfus
noch mit Orchideen in einer Plastikschachtel
noch mit einem Cadillac
allein mit meinen Gedichten eroberte ich sie.

Und sie zieht mich vor, auch wenn ich arm bin, vor
all den Millionen Somozas.

Zwanzig Jahre hast du gearbeitet
für zwanzig Millionen Pesos.
Wir würden zwanzig Millionen geben,
um nicht so zu arbeiten wie du.

Du verdienst nicht einmal ein Epigramm.

Plötzlich heult nachts die Sirene,
lang, lang,
das dumpfe Gebrüll der Sirene
der Feuerwehr oder des weißen Krankenwagens des Todes,
wie der Schrei einer Stute des Nachts,
kommt näher und näher durch Straßen,
durch Häuserschluchten, nimmt zu, nimmt zu, nimmt ab
und wächst, wächst, nimmt ab und entfernt sich,
heult auf und ab. Kein Feuer. Kein Toter.
Somoza fährt vorbei.

Man hörte Schüsse in der Nacht.
Man hörte sie vom Friedhof her.
Niemand weiß, wer umgebracht wurde.
Niemand weiß etwas.
Man hörte Schüsse in der Nacht.
Das ist alles.

Abends aber issest du deinen Reis und deine gebackenen Bohnen
mit frischem Joghurt und einem heißen Maisbrot
oder auch mit gerösteten Bananen
ohne Leibwächter issest du es.
Und deine Tasse Kakao mit Mais kostet kein Adjutant zuvor.
Und du spielst, wenn du willst, ein Volkslied auf deiner Gitarre
und du schläfst – doch nicht von Scheinwerfern, Stacheldrähten,
Wachttürmen umgeben.

Mein süßes Kätzchen, mein süßes Kätzchen!
Wie mein süßes Kätzchen erbebt
beim Streicheln ihres Gesichts, ihres Halses,
bei euren Morden und Foltern!

In Costa Rica singen die Fuhrleute.
Fahren mit Mandolinen die Wege entlang.
Und ihre Karren sind bunt wie Muscheln,
ihre Ochsen geschmückt mit Bändern in allen Farben,
mit Glöckchen und Blumen an den Hörnern.

Wenn der Kaffee geerntet wird in Costa Rica
und Karren beladen sind mit dem Kaffee.

Und die Musik spielt auf dem Dorfplatz,
und in San José sind die Balkone und Fenster
voll Mädchen, voll Blumen.
Und die Mädchen spazieren im Park.
Und der Präsident geht zu Fuß in San José.

GRABSCHRIFT FÜR ADOLFO BAÉZ BONE

Sie brachten dich um und sagten uns nicht, wohin sie dich legten,
doch jetzt ist das Land der Nation dein Grab,
oder besser: in jedem Staubkorn des Landes, auch dort,
    wo du nicht bist, erstehst du zum Leben.

Sie glaubten, sie könnten dich morden mit dem Befehl »Feuer«!
Sie glaubten, sie könnten dich unter die Erde bringen,
aber sie legten nur in die Erde die Saat.

SOMOZA ENTHÜLLT SOMOZAS DENKMAL IM SOMOZASTADION

Nicht, weil ich glaube, das Volk setzte mir dieses Denkmal,
ich weiß schließlich besser als ihr, wer die Order gab.
Noch geb ich vor, so der Nachwelt erhalten zu bleiben,
ich weiß schließlich, daß eines Tages das Volk es zerschlagen wird:

Noch weil ich selbst mir im Leben dies Denkmal
hätt' setzen wollen, das ihr im Tod mir nicht setzt:
dies Denkmal steht hier, weil ich weiß, daß ihr es haßt.

Jeden Tag kam sie mit ihrer Mutter vorbei auf der »Landstraße«*,
um die Ecke am »Schmiedtor«*, jeden Nachmittag,
erwartet von Hitler, der sie kommen sehen wollte.
Die Taxis und Busse waren beladen mit Küssen,
und auf der Donau mieteten Pärchen sich Boote.
Doch er konnte nicht tanzen. Nie hat er gewagt, sie anzusprechen.
Dann kam sie ohne die Mutter vorbei, mit einem Lehrling.
Und dann kam sie nicht mehr vorbei.
Daher die Gestapo, später, der Anschluß Österreichs,
der Weltkrieg.

---

* Im Original deutsch.

Hier wanderte er durch die Straßen, zu Fuß, ohne Arbeit und Amt,
und ohne einen Peso.
Nur Dichter, Nutten und Zuhälter kannten seine Gedichte.
Nie war er im Ausland.
Er war im Gefängnis.
Jetzt ist er tot.
Er hat kein Denkmal.

Doch
denkt an ihn, wenn ihr Zementbrücken habt,
wenn ihr Riesenturbinen, Traktoren, versilberte Scheunen
und gute Regierungen haben werdet.
Denn er hat in seinen Gedichten die Sprache des Volkes gereinigt,
in der man eines Tages die Handelsabkommen schreiben wird,
die Verfassung, die Liebesbriefe und die Dekrete.

Die Guardia Nacional sucht jemanden.
Jemand hofft, diese Nacht noch die Grenze zu erreichen.
Niemand kennt seinen Namen.
Viele andere werden in Gruben verscharrt.
Niemand kennt ihre Namen, niemand kennt ihre Zahl.
Niemand weiß, wo die Gruben sind, niemand, wie viele es sind.
Die Guardia Nacional sucht jemanden.
Jemand hofft, Nicaragua noch diese Nacht zu verlassen.

Unsere Gedichte können noch nicht veröffentlicht werden.
Sie gehen von Hand zu Hand, als Manuskript
oder hektografiert. Doch eines Tages
wird der Name vergessen sein des Diktators,
gegen den sie geschrieben sind,
und dann wird man sie weiter lesen.

Mag sein, wir heiraten dieses Jahr,
mein Liebling, wir werden ein Häuschen haben.
Und, mag sein, mein Buch erscheint,
oder wir gehen ins Ausland, wir beide.
Mag sein, Somoza fällt, mein Liebling.

LIED

Mein langes Haar! Mein langes Haar!
Du wolltest mich sehen mit langem Haar.
Ich trage es schon über die Schultern,
und du hast nicht gewartet auf mein langes Haar.

Glaubst du, man könnte die Ecke mit dem Obstgeschäft,
wo du mich trafst, erschreckt und mit Freude
(obwohl du nur blaß warst und schwiegst),
von Los Angeles oder den Champs-Elysées auslöschen?

(CORN-ISLAND)

Das Wasser der South West Bay ist blauer als der Himmel,
doch deine Augen sind blauer als die South West Bay,

und in der Grotte der Brig Bay ist ein Piratenschatz,
doch dein Haar ist kostbarer als der Schatz in der Brig Bay.

Hast du nicht gelesen, meine Liebe, in Novedades*
WACHTPOSTEN DES FRIEDENS HELD DER ARBEIT
VORKÄMPFER DER DEMOKRATIE IN AMERIKA
VERTEIDIGER DES KATHOLIZISMUS IN AMERIKA
DER SCHUTZHERR DES VOLKES DER WOHLTÄTER?
Dem Volk wird die Sprache geraubt.
Und man fälscht die Worte des Volkes.
(Genau wie das Geld des Volkes.)
Deshalb sind meine Liebesgedichte wichtig.

* Tageszeitung der Familie Somoza.

Man wacht auf von Kanonen,
an einem Morgen voller Flugzeuge.
Das scheint die Revolution zu sein:
doch es ist der Geburtstag des Tyrannen.

Wenn sie mich bei der Aprilrebellion
mit den anderen umgebracht hätten,
hätte ich dich nicht kennengelernt:
und wenn die Aprilrebellion jetzt stattfände,
würden sie mich mit den anderen morden.

PSALMEN

1965

PSALM 7

Befreie mich, Herr,
von der SS, dem NKWD, dem FBI und der GN*.

Befreie mich von ihren Kriegsgerichten,
von der blinden Wut ihrer Richter und Kapos.
Du bist es, der die Großmächte richtet,
Du richtest die Justizminister,
und die Hohen Gerichtshöfe.

Bewahre mich, Herr, vor einem Schauprozeß!
Verteidige die Verbannten und Verschleppten,
die der Spionage und Sabotage angeklagt
und zu Zwangsarbeit verurteilt sind.

Die Waffen des Herrn sind furchtbarer
als Atomwaffen!
Wer heute bei Säuberungen mitmacht,
wird morgen der Säuberung anheimfallen!

Ich aber will Dich preisen, weil Du gerecht bist,
ich will Dich besingen in Psalmen
und Gedichten.

---

* »Guardia Nacional«, Nicaraguas Armee und Polizei.

PSALM 15 (16)

Und ich sprach zu Ihm:
Es gibt kein Glück für mich außer Dir.
Ich bete weder Filmstars an
noch politische Führer,
ich vergöttere keine Diktatoren.

Wir haben ihre Zeitungen nicht abonniert,
noch sind wir eingeschriebene Parteimitglieder.

Wir sprechen nicht in Schlagworten,
noch folgen wir ihren Parolen.

Wir hören ihre Sendungen nicht,
noch glauben wir ihren Plakaten.

Wir kleiden uns nicht nach ihrer Mode,
noch kaufen wir ihre Waren.

Wir gehören ihren Klubs nicht an
und essen nicht in ihren Restaurants.

Ich beneide sie nicht um die Speisekarte ihrer Bankette,
ihre blutigen Trankopfer werde ich nicht schlürfen.

Der Herr ist mein Grundstück im versprochenen Land.
Ein herrlicher Anteil fiel mir zu
vom Land der Verheißung.

Dich allein hab' ich vor Augen,
wenn ich Dein gedenke,
zittern alle Fasern meines Körpers vor Freude.

Sogar des Nachts, wenn ich schlafe,
selbst im Unterbewußtsein
preise ich Dich!

PSALM 21 (22)

Mein Gott, mein Gott – warum hast Du mich verlassen?
Ich bin zur Karikatur geworden,
        das Volk verachtet mich.
Man spottet über mich in allen Zeitungen.

Panzerwagen umgeben mich,
Maschinengewehre zielen auf mich,
elektrisch geladener Stacheldraht
                schließt mich ein.
Jeden Tag werde ich aufgerufen,
man hat mir eine Nummer eingebrannt
und mich hinter Drahtverhauen fotografiert.
Meine Knochen kann man zählen wie auf einem Röntgenbild,
alle Papiere wurden mir weggenommen.
Nackt brachte man mich in die Gaskammer,
und man teilte meine Kleider und Schuhe unter sich.
Ich schreie nach Morphium, und niemand hört mich.
Ich schreie in den Fesseln der Zwangsjacke,
im Irrenhaus schreie ich die ganze Nacht,
im Saal der unheilbar Kranken,
in der Seuchenabteilung und im Altersheim.
In der psychiatrischen Klinik ringe ich schweißgebadet mit dem Tod.
Ich ersticke mitten im Sauerstoffzelt.
Ich weine auf der Polizeistation,
        im Hof des Zuchthauses,
                in der Folterkammer
und im Waisenhaus.

Ich bin radioaktiv verseucht,
        man meidet mich aus Furcht vor Infektion.

Aber ich werde meinen Brüdern von Dir erzählen.
Auf unseren Versammlungen werde ich Dich rühmen.
Inmitten eines großen Volkes werden meine Hymnen angestimmt.
Die Armen werden ein Festmahl halten.
Das Volk, das noch geboren wird,
unser Volk, wird ein großes Fest feiern.

PSALM 113 (114)

Als Israel die Konzentrationslager Ägyptens verließ
und wir aus den Gettos kamen, in denen man uns gefangenhielt,
hüpften die Berge gleich Hammeln
und die Hügel wie Lämmer . . .

Nicht für uns, nicht um unsertwillen, Herr –
tu's um der Ehre Deines Namens willen!

Warum sollen die Atheisten sagen:
»Wo ist euer Gott?«

Ihre Götzen sind politische Führer und Filmstars,
auf Pappe gemalte Bilder,
geschäftstüchtiges Kunstgewerbe:
Sie haben einen Mund und sprechen nicht,
haben Augen und sehen nicht,
haben Ohren und hören nicht,
haben Nasen und riechen nicht.

Es sind Auswüchse ihres Geistes,
reine Phantasiegebilde,
nicht besser als ihre Erfinder
und alle, die ihnen nachlaufen.

PSALM 150

Lobet den Herrn des Kosmos,
das Weltall ist sein Heiligtum
mit einem Radius von hunderttausend Millionen Lichtjahren,
Lobt ihn
den Herrn der Sterne
und der interstellaren Räume,
Lobt ihn
den Herrn der Milchstraßen
und der Räume zwischen den Milchstraßen,
Lobt ihn
den Herrn der Atome
und der Vakuen zwischen den Atomen,
Lobt ihn
mit Geigen, mit Flöten
und Saxophon,
Lobt ihn
mit Klarinetten und Englisch Horn,
mit Waldhörnern und Posaunen,
mit Flügelhörnern und Trompeten,
Lobt ihn
mit Bratschen und Violoncelli,
mit Klavieren und Pianolen.
Lobt ihn
mit Blues und Jazz
und Sinfonieorchestern,
mit den Spirituals der Neger
und der Fünften von Beethoven,
mit Gitarren und Xylophonen,
Lobt ihn
mit Plattenspielern und Tonbändern,
Alles was atmet
lobe den Herrn,
jede lebendige Zelle,
Halleluja!

GEBET FÜR
MARILYN MONROE

1965

GEBET FÜR MARILYN MONROE

Herr
nimm auf dieses Mädchen, in der ganzen Welt bekannt als
Marilyn Monroe,
wenn das auch nicht ihr wirklicher Name war
(doch Du kennst ihren wirklichen Namen, den Namen des kleinen
Waisenkindes, das mit 9 Jahren vergewaltigt wurde,
und der Verkäuferin, die mit 16 Selbstmord versuchte)
und die nun vor Dir steht, ohne Schminke,
ohne ihren Presseagenten,
ohne Photographen und ohne Autogramme zu geben,
allein wie ein Astronaut vor der Nacht des Weltraums.

Sie träumte als Kind, nackt in einer Kirche gewesen zu sein
(wie Time berichtet)
vor einer knienden Menge, die Köpfe geneigt bis zur Erde,
und sie mußte auf Zehenspitzen gehen, um die Köpfe nicht zu
zertreten.
Du kennst unsere Träume besser als alle Psychiater.
Kirche, Haus, Höhle bedeuten die Sicherheit des Mutterschoßes,
aber doch auch mehr als das . . .
die Köpfe, das sind die Bewunderer, das ist klar
(die Masse der Köpfe im Dunkel unter dem Strahl des Lichts).
Doch der Tempel ist nicht das Studio der 20th Century Fox.
Der Tempel – aus Marmor und Gold – ist der Tempel ihres Körpers,
aus dem der Menschensohn, eine Peitsche in der Hand,
die Händler der 20th Century Fox vertreibt,
die aus Deinem Gebetshaus eine Räuberhöhle gemacht haben.

Herr
in dieser Welt, verpestet von Sünde und Radioaktivität,
sprichst Du nicht eine Verkäuferin schuldig.
Die wie alle Verkäuferinnen davon träumte, ein Filmstar zu sein.
Und ihr Traum wurde Wirklichkeit (die Wirklichkeit in
Technicolor).

Sie hat nur nach unserem Drehbuch gespielt
– dem unserer eigenen Leben –, und das Buch war absurd.
Vergib ihr, Herr, und vergib auch uns
für unsere 20th Century,
für unsere Monster-Super-Produktion, an der wir alle gearbeitet
haben.

Sie war hungrig nach Liebe, und wir boten ihr Beruhigungsmittel.
Weil sie traurig war, keine Heilige zu sein,
empfahl man ihr Psychoanalyse.
Denke, Herr, an ihre wachsende Angst vor der Kamera
und an den Haß auf die Schminke – sie bestand vor jeder Szene auf
neuem Make-up –,
und wie das Entsetzen zunahm
und die Unpünktlichkeit in den Studios.

Wie jede Verkäuferin
träumte sie davon, ein Filmstar zu werden.
Und ihr Leben war unwirklich wie ein Traum, interpretiert und
archiviert von einem Psychiater.

Ihre Romanzen waren Küsse mit geschlossenen Augen,
bei denen man, wenn man die Augen aufschlug,
ins Scheinwerferlicht starrt,
und dann gehen die Scheinwerfer aus.
Und man baut die beiden Wände ab (es war eine Filmszene),
während der Regisseur mit dem Drehbuch fortgeht,
weil die Szene nun schon gedreht ist.
Oder wie die Reise auf einer Yacht, ein Kuß in Singapur, ein Ball
in Rio,
der Empfang in der Villa des Herzogs und der Herzogin von
Windsor,
gesehen vom Zimmer einer erbärmlichen Wohnung aus.

Der Film ging zu Ende ohne den Kuß im Finale.
Man fand sie tot in ihrem Bett, ihre Hand am Telefon.
Und die Detektive fanden nicht heraus, wen sie anrufen wollte.

Es war,
als habe jemand die Nummer der einzigen freundlichen Stimme
gewählt
und nur die Stimme vom Band gehört, die sagt:
WRONG NUMBER.
Oder als habe jemand, von Gangstern überfallen,
die Hand nach dem unterbrochenen Telefon ausgestreckt.

Herr
wer immer es auch war, den sie anrufen wollte
und den sie nicht erreichte (und vielleicht war es niemand
oder jemand, dessen Nummer nicht im Telefonbuch von Los Angeles
steht)
antworte Du ihrem Anruf!

DC–7B

Stand nicht alles unter Kontrolle?
Haben die elektronischen Signale
versagt? Wurde der Höhenmesser falsch abgelesen,
oder war er falsch konstruiert?
War das Radargerät nicht in Ordnung?
Oder meldete das Radio dem Piloten nicht die exakte Höhe?
Oder hat das spiegelnde Wasser seine Augen getäuscht?
Nicht alles stand unter Kontrolle:
Ein Flugzeug, in Nebel gehüllt,
wird nur vom Radargerät erfaßt,
und das Radargerät sieht, daß man der Landebahn näher kommt,
aber die Passagiere werden ohne Unterbrechung weitergeleitet
vom Komfort der Air-Condition-Anlage und des indirekten Lichts –
wo sie rauchen oder »Life« oder »Vogue« lesen,
zurückgelehnt in die Liegesitze
oder im Gespräch mit der Stewardeß in der Lounge –
zu den eisigen, schwarzen Gewässern,
wo sie sinken und sinken
ohne den Grund zu erreichen
an die Liegesitze gefesselt
umwirbelt von Koffern
und »Vogue«
von Stücken des Flugzeugrumpfes
von Sandwiches und Mänteln
und eine halbgeöffnete Tür, durch die eine Hand hängt.
(Vorn: die lächelnden Lichter der Restaurants
der Apartments, Hotels und Night-Clubs)
Währenddessen sagen die Lautsprecher des Flughafens
die Ankunft des Flugzeugs Nummer . . . an
. . . Die Passagiere hörten eine schreckliche Stille
als die Maschine bei 135 Meilen
stehenblieb.
Und was geschah dann?
Erzähle es »Life« oder »Vogue«:

Das Emergency-Licht ging an
        (es war ein blaues Lichtchen)
während das Flugzeug in Stücke zerriß,
zerfiel und im Wasser unterging
und auf dem Wasser schwamm nur
das Benzin der Maschine, vermischt mit Blut,
die Mechanik des Hecks, Flügelstücke.

Ein blaues Lichtchen:
dann das ruhige Meer, erleuchtet vom Mond.

»DIE PREISWERTESTEN PARADIESE IN DER KARIBISCHEN SEE ...«

Das Paradies ist nicht in Paria
wie Herr Christoph Columbus geglaubt hat
... schöne Landstriche, so hübsch und grün
wie die Gärten Valencias im März ...
... mildes Klima und das Land und die Bäume
wie im April die Gärten Valencias ...
Das Paradies ist auch nicht
in Antigua, wo die Temperatur nicht über 80° steigt,
und wo das Baden fast vollkommen ist, und wo es Elektrizität gibt
und keine Malaria, und wo drei Golfplätze sind.
Das Paradies ist auch nicht in Granada ohne Tropenkrankheiten,
ohne Orkane, mit Tennis und Golfplatz und einem Nightclub.
Es ist auch nicht in Santa Lucia
Paradies der Maler und Fotografen
auch nicht auf der Isla del Caimán (ohne Einkommenssteuer)
wo Sie noch nach einem Piratenschatz suchen
und für $ 6.- pro Tag in einem Hotel wohnen können.
Nein. Man kommt nicht dahin mit Reisegesellschaften.
Du sagst seit dem Kreuzweg:
»heute noch wirst du mit mir im Paradies sein ...«
Und das ist nicht Tobago
nur 7 Stunden von New York entfernt
EIN TROPISCHES PARADIES MIT MÄSSIGEN PREISEN
wo ein Paar mit $ 2.000 im Jahr leben kann
in einem Bungalow am Meer, mit Elektrizität und Radio,
zwischen Mangobäumen Kokospalmen Guavas exotischen Blumen
und der Rum ist billig, und man braucht nicht viel Kleidung,
weil man in Shorts und im Sporthemd lebt.
Das Paradies ist auch nicht die Jungferninseln (engl.),
»ein perfektes Paradies
wenn es nicht so unbequem wäre, daß da kein Zahnarzt ist«.
Aber das Paradies, das ich kenne,
ist nicht das der Reisegesellschaften.
Da, wo wir beide sind, ist das Paradies.

MURDER INC.

Du verläßt dein Büro, und du gehst nach Hause, wo dich
deine Frau und dein Kühlschrank, summend und vollgestopft,
erwarten,
dein gemütlicher living-room und dein Highball und dein Radio,
und du hörst um 8 das Programm der Verbrechen.
Aber glaubst du, Verbrechen gäbe es nur im Radio,
und es gäbe sie nicht auch im living-room?
Du hast nie jemand mit einem Stahlrohr erschlagen.
Du bist eine anständige Person
ein ehrenwerter Mann.
Ist deine Anständigkeit nicht doch nur ein »Alibi«?
Du bist nicht der Mann, der die Bombe ins Flugzeug gelegt hat.
Du bist nicht der, den sie mit Funkwagen suchen,
»klein, dick und nett, mit randloser Brille«
(obwohl du dick bist und nett und eine randlose Brille hast).
Du bist nicht »der Mann im grauen Anzug«, natürlich nicht.
Deine Fingerabdrücke würden beweisen, daß du's nicht bist.
Vielleicht aber nicht . . .
Was wäre denn, wenn der Gangsterboß deinen Namen nennen,
wenn er aussagen würde, daß auch du bei der Mafia bist?
Daß du der Hehler bist bei dem Juwelenraub?
(sag mal, wie hast du sonst deinen Kühlschrank
bezahlt?)
Daß das Geld der ermordeten Greisin im Park
um viele Ecken in deine Hände gekommen ist?
Und daß du das Geld, was die Bande in der Bank gestohlen hat,
nachher dort eingezahlt hast, auf derselben Bank?
Daß es in deinem Leben so was wie weißen Sklavenhandel gegeben
hat?
Und was wäre, wenn dir die Detektive gefolgt wären, auf der
Straße,
als du ins Taxi stiegst, als du ausstiegst,
und als du hineingingst in die Bar, als du herauskamst,
und wenn all die verfolgt worden wären, mit denen du sprachst,
und all die, mit denen jene wieder gesprochen haben?

Und wenn all deine Gespräche auf Band gespielt worden wären?
Was sagst zu jetzt?
Was hast du vorzubringen?
Du hast die Bar besucht, wo der Überfall geplant wurde,
und das Hotel, wo sie das Mädchen erstickten.
Der Kühlschrank und das Radio des Gangsters
sind von derselben Marke wie die, die du besitzt.
– Die Polizei hat all seine Gewohnheiten untersucht,
und es sind ganz genau dieselben wie deine.
Und was ist, wenn eines Tages auch deine Fingerabdrücke passen,
und wenn bewiesen wird, daß du auch zur Bande gehörst,
und du bist der, den sie mit Funkwagen suchen,
»klein, dick und nett, mit randloser Brille«,
du bist schließlich »DER MANN IM GRAUEN ANZUG«,
und du stehst in den Verbrecherspalten der Zeitungen,
und in deinem living-room spricht man im Radio von dir?

STERNE

Der Sternenhimmel ist eine Stadt bei Nacht,
gesehen vom Flugzeug aus: die Sterne wie Straßen
wie erleuchtete Supermärkte / Neonreklamen
wie Motels Nightclubs Kinos und Lichter
– weiße und rote – von Autos – die kommen und gehen –
auf dunklen Straßen . . .
                                                  und die brennen für nichts:
Verschwendung von Energie in der ewigen Nacht
wie die Energie hier unten verloren in der Leere
in Alleen Geschäften Cafés Nightclubs Motels
Kinos mit einer Superproduktion von Clark Gable!

FOTO

Die Gesichter, die hier lachen, auf diesen vergilbten Fotos,
vor dem Hintergrund verschwommener Wellen und
        verschwommener Felsen,
wo lachen sie jetzt? – wenn sie noch lachen?
Manche sind weit fort. Die Mädchen sind alt.
Mauricio ist schon tot. Nur dies Meer ist dasselbe.
Nur die Wellen haben sich nicht verändert:
                da sind die »Felsen der Verlobten«,
und noch immer brechen sich dort dieselben kalten Wellen.

KENTUCKY

Kentucky ist ein zweites Paradies, sagte Daniel Boone.
Auf dem Weg nach Kentucky ging er nach Westen
und sah von einem Berg herab die Ebene von Kentucky,
die Büffel weideten wie auf Viehfarmen,
und der stille Ohio, der durch die endlosen Ebenen floß,
durchquerte Kentucky . . .
(und jetzt stinkt er nach Phenol).
Forest Grove Prairie Village Park Forest Deer Park
Namen entlang der Grenze!
Jetzt sind sie Namen von Orten im Stadtgebiet.

Busse überqueren die Weiden, durch die Büffel zogen.

Wo einst der Pionier der Grenze sein Lager hatte,
der in einem Kanu den Missouri hinauf davonfuhr,
mit seinem Karabiner und Tomahawk und mit seinen Biber-Fallen,
den Bibern auf der Spur,

dort hört man jetzt den Lärm der Mähmaschinen,
das Klirren der Highballs, das Lachen, das heisere Radio,
die Rufe beim Kricketspiel und beim Volleyball
und den dumpfen Schlag des Balles im Baseball-Handschuh.
Aus einem offenen Fenster schweben die Klänge des High-Fidelity
mit dem Duft von Fleisch auf Holzkohle hinaus in die Nacht.

Alles war still . . .
– schreibt Daniel Boone –
Ich machte ein Feuer in der Nähe einer Quelle,
um die Lende eines Hirsches zu braten, den ich getötet hatte.
Die Wölfe heulten die ganze Nacht . . .

Und jetzt fließen in den Ohio alle Abwässer,
Industrieabfälle, chemische Stoffe.
Die Detergentien aus den Haushalten haben die Fische getötet,
und der Ohio stinkt nach Phenol . . .

MANAGUA 6.30

Am Nachmittag sind sie sanft die Neonlampen
die Quecksilberleuchten blaß und schön . . .
Und der rote Stern eines Funkturms
am dämmrigen Himmel Managuas
ist so schön wie die Venus
und eine ESSO-Reklame ist wie der Mond

die roten Lämpchen der Autos sind mystisch

(Die Seele ist wie ein Mädchen das man hinter dem Auto
abknutscht.)
TACA BUNGE KLM SINGER
MENNEN HTM GOMETZ NORGE
RPM SAF OPTICA SELECTA
verkünden die Ehre Gottes!
(Küß mich unter den Lichtreklamen oh Gott)
KODAK TROPICAL RADIO F & C REYES
in vielen Farben
buchstabieren sie deinen Namen.
»Überbringen
die Botschaft . . .«
Anderen Sinn
erkenne ich nicht.
Ich verteidige nicht die Grausamkeiten dieser Lichter
und wenn ich Zeugnis ablegen müßte von meiner Zeit
so dieses: Sie war barbarisch und primitiv
doch poetisch

APOKALYPSE

UND SIEHE
ich sah einen Engel
(all seine Zellen waren elektronische Augen)
und ich hörte eine Stimme mit Überschall
die zu mir sprach: Nimm deine Schreibmaschine und schreibe
und ich sah ein silbernes Projektil das flog
und es flog von Europa nach Amerika in 20 Minuten
und der Name des Projektils war Wasserstoffbombe
(und die Hölle begleitete es)
und ich sah einen fliegenden Teller vom Himmel fallen
Und die Seismographen verzeichneten ein großes Erdbeben
und auf die Erde fielen alle künstlichen Planeten
und der Präsident des Nationalrats für Strahlung
der Direktor der Kommission für Atomernergie
der Verteidigungsminister
alle hatten sich in ihren Höhlen versteckt
und der erste Engel blies die Alarmsirene
und es regnete vom Himmel Stronzium 90
Cesium 137
Kohle 14
und der zweite Engel blies die Sirene
und jedes Trommelfell platzte im Umkreis von 300 Meilen
durch das Krachen der Explosion
und jede Netzhaut verbrannte auf die das Licht der Explosion
gefallen war
im Umkreis von 300 Meilen
und die Hitze im Zentrum war wie die der Sonne
und der Stahl das Eisen das Glas der Beton verdampften
und fielen nieder verwandelt in radioaktiven Regen
und ein Sturm brach los mit der Stärke des Hurrican Flora
und 3 Millionen Autos und Lastwagen flogen durch die Lüfte
und zerschellten an den Gebäuden explodierten wie
Molotow-Cocktails
und der dritte Engel blies die Alarmsirene

und ich sah einen Pilz über New York
und einen Pilz über Moskau
und einen Pilz über London
und einen Pilz über Peking
(und Hiroshimas Schicksal war zu beneiden)
Und alle Geschäfte und alle Museen und Bibliotheken
und alle Schönheit der Erde
verdampften
und sie waren von da an Teil der Wolke aus radioaktiven Partikeln
die über dem Planet schwebte und ihn vergiftete
und der radioaktive Regen brachte einigen Leukämie
und anderen Lungenkrebs
und Knochenkrebs
und Unterleibskrebs
und die Kinder wurden geboren mit grauem Star in den Augen
und die Gene waren geschädigt für 22 Generationen
– und das war der 45-Minuten-Krieg –
7 Engel
hielten Becher aus Rauch in den Händen
(und der Rauch hatte die Form eines Pilzes)
und ich sah den ersten den großen Becher erheben über Hiroshima
(wie einen Eisbecher wie vergiftetes Eis)
und ein bösartiges Geschwür erschien
und der zweite goß seinen Becher über das Meer
und das ganze Meer wurde radioaktiv
und alle Fische starben
und der dritte vergoß einen Becher mit Neutron
und es war ihm gegeben die Menschen zu versengen mit einem
Feuer wie das der Sonne
und der vierte vergoß seinen Becher der von Kobalt war
und es war ihm gegeben Babylon den Pokal zu reichen mit dem
Wein des Zorns
und eine Stimme rief: Werft das Doppelte an Megatonnen das sie
warf!
Und der Engel der den Knopf dieser Bombe hielt drückte den Knopf
Und sie sprachen zu mir: Du hast ja noch nicht die Typhusbombe
gesehen und die Q-Fieber-Bombe

Ich schaute weiter die nächtliche Vision
und ich sah in meiner Vision wie im Fernsehen
daß aus den Massen herauswuchs
eine Maschine
schrecklich und überaus fürchterlich
und sie war wie ein Bär wie ein Adler wie ein Löwe mit
Flugzeugflügeln
mit vielen Propellern und voller Antennen und ihre Augen waren
Radargeräte
und ihr Gehirn war ein Computer der die Nummer der Bestie
errechnete
und hinausbrüllte über viele Mikrophone
und der den Menschen Befehle gab
und alle Menschen fürchteten die Maschine
ich sah auch in der Vision die Flugzeuge
Flugzeuge schneller als der Schall mit Bomben von 50 Megatonnen
und kein Pilot lenkte sie und nur die Maschine hatte sie in der
Gewalt
und sie flogen in Richtung auf alle Städte der Erde
und sie zielten auf alle
Und es sprach der Engel: Kannst du sehen wo Columbus Circle war?
Und das Gebäude der Vereinten Nationen?
Und wo Columbus Circle war
sah ich nur eine Grube so groß wie ein 50stöckiges Haus
und wo das Gebäude der Vereinten Nationen war
sah ich nur einen grauen Abhang bedeckt mit Moos und mit
Entendreck
und weiter fort Felsen schaumbedeckt und schreiende Möwen
Und am Himmel sah ich ein großes Licht
gleich der Explosion einer Million Megatonnen
und ich vernahm eine Stimme die zu mir sprach: Nimm dieses Radio
und ich nahm das Radio und ich hörte:
BABYLON IST GEFALLEN
DAS GROSSE BABYLON IST GEFALLEN
und alle Radios dieser Welt brachten dieselbe Nachricht
Und der Engel gab mir einen Scheck der National City Bank
und er sprach zu mir: Löse diesen Scheck ein

und keine Bank löste ihn ein weil alle Banken bankrott gemacht
hatten
Die Wolkenkratzer schienen nie dagewesen zu sein
Eine Million Brände entstanden zur gleichen Zeit und da war kein
Feuerwehrmann
und da war kein Telefon um den Krankenwagen zu rufen und da
war kein Krankenwagen
und für die Verletzten einer einzigen Stadt gab es in der ganzen
Welt nicht genügend Plasma
Und ich vernahm eine andere Stimme vom Himmel die sprach:
Geh fort mein Volk
damit dich nicht infiziere die Radioaktivität
und dich die Mikroben nicht erreichen
die Antrax-Bombe
die Cholera-Bombe
die Diphtherie-Bombe
die Tularemie-Bombe
Im Fernsehen wird man das riesige Unglück sehen
weil auf Babylon schon die Bombe gefallen ist
und man wird sagen: Oh die Geliebte Stadt
die Piloten werden sie sehen vom Flugzeug aus und werden ihre
Nähe fürchten
die Überseedampfer werden in großem Abstand ankern
aus Furcht die atomare Lepra könne über sie herfallen
Und auf allen Wellenbereichen vernahm man eine Stimme die sprach:
ALLELUJA
Und der Engel führte mich in die Wildnis
und in der Wildnis blühten Laboratorien
und dort machte der Teufel seine atomaren Versuche
und ich sah die Große Hure auf der Bestie sitzen
(die Bestie war eine technologische Bestie übersät mit Slogans)
und die Hure ergriff alle Arten von Schecks und Gutscheinen und
Aktien
und Geschäftspapieren
und sie war betrunken und sang mit ihrer Nuttenstimme wie in
einem Nightclub
und in der linken Hand hielt sie einen Becher voll Blut

und sie betrank sich mit dem Blut aller für die sie gebüßt hatte
und alle jener die verurteilt worden waren von Kriegsgerichten
und aller die man an die Wand gestellt hatte
und aller Widerständler der Erde
und aller Märtyrer Jesu
und sie lachte mit ihren Zähnen von Gold
und der lipstick auf ihren Lippen war Blut
und der Engel sprach zu mir: diese Häupter die du dort an der Bestie siehst
das sind die Diktatoren
und jene Hörner das sind Führer von Revolutionen die noch nicht Diktatoren sind
aber sie werden es später sein
und sie werden gegen das Lamm kämpfen
und das Lamm wird sie besiegen
Er sprach zu mir: Die Nationen der Welt sind geteilt in 2 Blöcke
– Gog und Magog –
doch die 2 Blöcke sind in Wirklichkeit ein Block
(der gegen das Lamm ist)
und vom Himmel wird Feuer fallen und sie verschlingen
Und ich sah in der Biologie der Erde eine neue Evolution
Es war als sei im Weltall ein neuer Planet aufgetaucht
Der Tod und die Hölle wurden ins Meer des nuklearen Feuers geschleudert
die Massen existierten schon lange nicht mehr
und ich sah eine neue Art geschaffen aus Evolution
die Art bestand nicht aus Individuen
sie war ein einziger Organismus
bestehend aus Menschen statt Zellen
und alle Biologen erstaunten sehr
Doch die Menschen waren frei und diese Einheit von Menschen war eine Person
– und keine Maschine –
und die Soziologen waren verblüfft
Und die Menschen die nicht dieser Art angehörten
waren gleich Fossilien

und der Organismus umfaßte den ganzen Erdkreis
und er war rund wie eine Zelle (aber ihre Dimensionen waren
planetarisch)
und die Zelle war geschmückt wie die Braut die auf den Bräutigam
wartet
und die Erde war fröhlich
(als feiere die erste Zelle ihre Hochzeit)
und da war ein Neuer Gesang
und all die andern bewohnten Planeten hörten die Erde singen
und es war ein Lied der Liebe

DIE UNGEWISSE MEERENGE
(Fragmente)

1966

(1)

»Das Land ist schön«
hatte Toscanelli zu Kolumbus gesagt.

Von der Insel Ofir, Ophaz oder Cipanga
(auch die Spanierin genannt) brach der Admiral auf
um die Meerenge zu entdecken
damit er das Festland von Indien finde
das im Westen sei, sagte Toscanelli
nicht nur im Osten:

»Wer nach Westen segelt, wird Indien finden
und wer nach Osten segelt, wird Indien ebenfalls finden.«

Sie würden *Zaitón* finden
einen der schönsten und berühmtesten Häfen des Ostens
voller Boote, beladen mit Gewürzen.
Das sind die Königreiche des Großen Khan
der eigentlich in Catay wohnt.
Wo zweihundert Städte sind, mit Brücken von Marmor.

»Das Land ist schön . . .
Die Weisesten werden zu Gouverneuren gewählt.
Nehmt ihr den Weg direkt nach Westen
werdet ihr die berühmte Stadt *Quisay* finden
deren Namen bedeutet *Himmelsstadt*
in der Provinz *Mango*, nahe bei Catay.
Von der Antilleninsel bis zur Insel von Cipango
zählt man sechsundzwanzig Zwischenräume.
Die Tempel dort und die Paläste sind mit Gold bedeckt.
Seid gewiß, ihr werdet mächtige Königreiche sehen.
Eine Unzahl bewohnter Städte und reicher Provinzen
in denen es alle Arten von Edelsteinen gibt.
Und eure Ankunft wird dem König große Freude bereiten
und den Fürsten, die in diesen Ländern herrschen.«

Hinter der Insel Ofir, Ophaz und Cipanga
hob ein Sturm an von sechzig Tagen.
Die Segel wurden zerfetzt, sie segelten ohne Anker ohne Takelung.
Und dann, nachdem sie ein Kap umschifft hatten, trat Ruhe ein.
Zum erstenmal sahen sie die Sonne und die Sterne.
Hinter dem Kap streckte die Erde sich nach Süden hin
und die Ostwinde wehten günstig.
Und sie sagten Gott Dank. Kolumbus gab ihm den Namen
Cabo de Gracias a Dios*.
Weite Sandbänke erhoben sich aus dem Meer.
In *Cariay* gingen sie nackt umher, wie Berber bemalt
ihre Geschlechter bedeckten sie mit Baumrinde.
Er sah Tiere, die er nicht benennen konnte.
Und in einem Palast aus Holz, strohgedeckt
waren Gräber und ein vermummter Toter
geschmückt mit Juwelen mit Gold und mit Perlen.
In *Carambaru* trugen sie Goldspiegel um den Hals.
Stühle, Truhen, Tische aus Gold. Sie kannten den Pfeffer.
Und sie sprachen von den großen Märkten, die es in Ciguare gab.
Auch darüber, daß man Schiffe mit Lombarden, mit Bogen und Pfeilen hatte
mit Säbeln und Panzern, und daß sie bekleidet waren
sie hatten Pferde und sie gingen in reichen Gewändern.
Und 10 Tagesreisen entfernt von Ciguare war der Gangesfluß.
(Wie Tortosa und Fuenterrabía oder Pisa und Venedig
so sind diese Länder verbunden mit Veragua.)
Er segelte mit 24° westlich und es gab eine Finsternis in jener Nacht.
Die Sonne stand in der Waage und der Mond im Steinbock.
Und in Veragua ging das Meer hoch und schäumend und häßlich
das Wasser wie Blut, kochend wie in einem Kessel.
Es donnerte, als würde von den anderen Booten Artillerie abgeschossen.
Dann wurde es ruhig, und das Meer füllte sich mit Haien.

---

* Kap vom Dank an Gott.

Er entdeckte die Meerenge in Veragua:
Veragua in der Provinz Mango
die an Catay grenzt . . .
Aber die Meerenge bestand aus Erde
sie bestand nicht aus Wasser.

Er kehrte zurück mit morschen Schiffen, zerfressen von Holzwürmern
zurück zur Insel der Spanierin oder Cipango.
Der Admiral sah von der Brücke, wie sich die Zwergpalmen entfernten
und er verwunderte sich sehr über die Länder, die Papst Pius beschreibt
mit wilden Katzen und Affen, die an ihren Schwänzen hängen
(wenn auch die Pferde keine Gebisse hatten aus Gold von Papst Pius)
und mit Papageien, die vorüberflogen, nach Catay hin.

(2)

Was ihre Lebensweise und ihre Gewohnheiten angeht,
so gehen die Männer und Frauen dort völlig nackt.
Sie sind mittelgroß und gutgebaut.
Ihre Haut ist eher rot wie das Fell der Löwen,
und ich bin der Meinung, gingen sie bekleidet,
sie wären so weiß wie wir.
Sie tragen lange und schwarze Haare,
besonders die Frauen,
denen es gut steht, das lange und pechschwarze Haar.
Nicht ganz so schön sind ihre Gesichter,
weil sie flache Nasen und platte Gesichter haben,
ähnlich denen der Tartaren.
Sie sind außerordentlich flink und können schnell laufen,
die Männer ebenso wie die Frauen.
Sie schwimmen wunderbar im Wasser wie die Fische,
und die Frauen noch besser als die Männer.
Ihre Waffen sind Bogen und Pfeile,
die sie mit großer Fertigkeit herstellen.
Sie haben weder Eisen noch andre Metalle,
und ihre Pfeile bewehren sie mit Zähnen von wilden Tieren und Fischen.
Sie haben weder Häuptlinge noch Kriegsführer,
leben ohne Ordnung, jeder einzelne völlig frei.
Diese Menschen leben in Freiheit, niemand verfolgt sie,
sie haben weder Gesetz noch Herrn. Sie streiten nicht untereinander.
Von der Art ihrer Sprache her scheinen sie sehr einfach zu sein,
doch in Wirklichkeit sind sie sehr schlau und sehr klug.
Sie sprechen sehr selten und mit leiser Stimme,
sie haben denselben Akzent wie wir.
Sie bilden die Laute zwischen den Zähnen und Lippen;
und sie haben andere Worte als wir.
Ihre Art zu essen ist äußerst barbarisch,
sie halten dabei auch keine festen Zeiten ein;
essen, wenn sie hungrig sind, sei es Tag oder Nacht.

Zum Essen setzen sie sich auf den Boden;
und sie gebrauchen weder Tischtücher noch Servietten,
da sie weder Leinen noch Tuch besitzen.
Sie schlafen in großen Matten, die in der Luft hängen.
Sie sind sehr sauber und sehr gepflegt, weil sie oft baden.
Ihre Häuser sind gebaut nach der Art von Glocken.
Ihr Reichtum besteht aus Vogelfedern in verschiedenen Farben
oder aus Perlen, die sie aus Fischgräten machen,
oder aus grünen und weißen Steinchen.
Denn sie achten weder Gold noch Edelstein.

(3)

Pedrarias schickte Francisco Hernández von Córdoba
zur »Ungewissen Meerenge«
mit Pferden und Armbrustschützen, um zu erobern und zu befrieden
die Länder von Nicaragua, und um andre zu entdecken . . .
Luque, Pizarro und Almagro bezahlten die Schiffe.

Er gründete die beiden Städte – Granada und León –
neben den beiden Seen:
dem See von Granada und dem See von León.
Und neben den beiden Vulkanen:
dem Mombacho und dem Momotombo.
Mit dem Schwert zeichnete er den Ort der Plaza.
Den Ort der Kirche. Und den der Festung.
Und die Festungen beider Städte spiegelten sich
im Wasser der beiden Seen . . .

Es gab viel Honig und Wachs und Mais
und Kakao (den sie als Geld benutzten)
und viele Wildschweine, Hirsche, Hasen,
und viel Baumwolle, und die Frauen der Indios sponnen sie.
Sie hatten Bücher aus Pergament, aus Hirschleder,
darin waren ihre Länder gemalt in roter und schwarzer Tinte
und die Flüsse, die Wege und Wälder.
In jedem Dorf gab es Plätze und Märkte,
und sie feierten Feste und tanzten und sangen
zur Zeit der Maisernte.
Sie sangen im Chor, feierten Götzendienst,
wenn der Kakao geerntet wurde,
um einen sehr hohen Pfahl herum, in der Mitte der Plaza
und auf der Spitze der Gott des Kakao,
und Jungen wirbelten durch die Luft um die Stange,
angebunden mit Pittahanft,
als ob sie fliegen würden,

und unten tanzten die Indios im Kreis
zum Klang der Trommeln und Pauken,
schwarz bemalt und rot,
mit Quasten aus Wolle und Federbüscheln,
und die Mädchen reichten den Fürsten Tassen mit Chicha*,
und diese zündeten ihren Tabak an,
und alle zogen daran und bliesen den Rauch durch den Mund,
und in anderen Tassen boten sie ihnen Kakao an,
und sie blieben die ganze Nacht und schlugen die Trommeln
und schlugen die Pauken und sangen.

Und das Feuer des Vulkans Masaya leuchtete in der Nacht
über den ganzen Himmel wie ein Mond,
und aus dem Krater des Vulkans kam eine Alte hervor,
sehr alt und runzlig, die Brüste bis zum Nabel,
um mit den Indios zu sprechen,
mit wirrem Haar, mit Zähnen gleich denen der Hunde,
schwärzer als alle Indios.
Der Alten vom Vulkan wurden Mädchen geopfert.
Und sie kam nicht mehr wieder, seit die Christen kamen,
und sie sagte, sie käme solange nicht wieder, bis jene gingen
oder aus dem Land getrieben seien.

(Sie wurden nicht regiert von Kaziken, von Herren oder
    Häuptlingen,
sondern vom Rat der Alten, gewählt mit Stimmen,
und diese wählten den Oberst General für den Krieg,
und wenn er starb oder im Krieg umgebracht wurde, wählten sie
    einen neuen
        – und manchmal brachten sie selber ihn um,
        wenn er schädlich war für die Republik –
und sie versammelten sich auf der Plaza im Schatten einer Ceiba**:
dort wurde der Rat der Alten durch Stimmen gewählt.)

---

* Maisbranntwein.
** Riesiger Baum, dessen Früchte Wolle tragen.

Die Männer des Hernández von Córdoba
trafen sich mit Cortés in Honduras.
Cortés schickte ihnen Lasttiere, beladen mit Eisenbeschlägen,
mit Werkzeugen und Kleidern und silbernen Vasen und goldenem
Schmuck
– und auch geheime Briefe –. Plant Córdoba einen Aufstand?
Hernando de Soto und neun andere gingen zu Fuß nach Panamá,
um es Pedrarias zu sagen. Sie berichteten ihm von den Briefen.
Pedrarias ließ unverzüglich die Schiffe auslaufen. Man sagte
Córdoba, er solle fliehen. Er solle an Balboa denken*.
Aber er wollte nicht fliehen. Er sagte: Ich bin unschuldig.
Ich warte auf Pedrarias.
Pedrarias nahm ihn gefangen in der Festung von León.
Hernández de Córdoba überquerte traurig den Platz,
den er gezeichnet hatte; er sah zum letztenmal seinen See
(den See von León) und wurde enthauptet.
Er wurde begraben in der Kirche, die er erbaute,
in der Stadt, die er gründete, zwischen dem See und dem
Momotombo.

Feuer schoß aus dem Momotombo Tag und Nacht.

* Vasco Nuñez de Balboa, der Eroberer Panamás, wurde von P. enthauptet.

(4)

In Santiago de Guatemala und in San Salvador
lachten die Konquistadoren
über das Buch *De unico vocationis modo**
des Fraters Bartolomé de las Casas**
und sagten, wenn er »mit Worten und Argumenten«
die Indios in den Schoß der Kirche zurückführen würde
und in die Praxis umsetzte, was seine Rethorik verspräche,
dann würden sie sicher die Waffen strecken . . .
Sie würden erklären, ungerechte Soldaten und Generäle
zu sein.
Und sie sagten ihm:
Warum gehe er nicht zu den wilden Indios,
allein mit »Worten und frommen Sprüchen«.
Keine andere Provinz war mehr zu erobern,
als die von Tuzulutlán,
durchzogen von Flüssen und Seen und Sümpfen
und traurigen Wäldern, wo so viele Dämpfe aufsteigen,
daß ständig Regen fällt,
und die Indios dort sind die wildesten und barbarischsten,
niemals zu zähmen,
und man nannte diese Provinz Tuzulutlán,
»Land des Krieges«.
In diese Provinz erbot sich Frater Bartolomé de las Casas zu gehen.
Um die Indios zu unterwerfen, ohne Waffen, ohne Soldaten,
allein mit dem Worte Gottes.
. . . Was er in der »Rethorik« geschrieben hatte. In
einem Buch.
Und Frater Bartolomé de las Casas fragte nicht nach Lohn,
nicht nach Wegzehrung, nicht nach Brot,
Wein, Konserven usw. pro Woche, pro Monat, pro Jahr,
nicht nach dem Bistum jenes Landes.

---

* Lateinisch »Von der einzigen Art der Berufung«.
** Prangerte die Massenmorde der Spanier an, »Verteidiger der Indios«.

Er stellte nur eine Bedingung:
Die Indios sollten niemandem ANEMPFOHLEN werden*.
Sie sollten freie Vasallen Seiner Majestät sein.
Und die Fratres machten Gesänge und Verse auf Quiché**.
Verse mit Reimen und mit Strophen,
erzählend die Erschaffung der Welt, den Fall des Menschen,
die Verbannung aus dem Paradies, die Sintflut, den Tod
des Sohnes Gottes und seine Auferstehung. Sie brachten die Verse
vier Indiohändlern aus Guatemala bei,
die nach Quiché gingen, um zu kaufen und zu verkaufen.
Sie schrieben Musikstücke
für die Instrumente der Indios,
»begleitet von einer lebhaften, hohen Stimme,
da die Instrumente der Indios leise und heiser waren«.
Und Frater Bartolomé gab ihnen Scheren und Messer und Spiegel
und andere Dinge aus Kastilien.
Die Händler kamen am Haus des Kaziken an.
Sie legten ihre Waren aus, und die Leute kamen schauen und kaufen,
was es an neuen Dingen gab. Sie verlangten ein *Teplanastle****
und holten die Glöckchen und Rasseln von Guatemala hervor,
und zum Klang der Instrumente begannen sie, die Verse zu singen.
Und niemals hatte man diese Instrumente zusammen gehört.
Und man hörte von Dingen, die man niemals vernommen hatte.
Der Kazike verhielt sich still,
er wartete, daß sie noch einmal sängen. Am nächsten Tag
sangen sie wiederum, und die Leute kamen, die Verse zu hören.
Acht Tage lang währte das Singen.
Und der Kazike hieß sie wiederholen,
in der Öffentlichkeit und im geheimen.
Und er bat sie, zu erklären, was sie sängen.
Sie sagten, sie wüßten nicht mehr. Das sei nicht ihr Amt.

---

* Was soviel wie »versklavt« bedeutete.
** Dialekt der Mayas.
*** Trommel.

Aber die Patres könnten es sicher erklären.
Und er fragte: Wer sind diese Patres?
Denn der Kazike hatte nie von den Patres reden gehört.
Die Händler beschrieben sie: schwarz und weiß gekleidet,
die Haare geschnitten wie einen Kranz,
und sie essen kein Fleisch und mögen weder Gold noch Federn
noch Kakao.
Sie seien nicht verheiratet
und hätten keine Sünde, weil sie nicht mit Frauen verkehrten.
Sie sängen Gottes Lob bei Tag und bei Nacht.
Sie hätten herrliche Bilder, vor denen sie niederknieten,
und wenn sie nach ihnen schickten, kämen sie sicher gern,
um zu erklären, was sie in diesen Liedern gesungen hatten.
Und der Kazike schickte einen seiner Brüder mit den Händlern
nach Santiago, und er hieß ihn, die Patres gut zu beobachten
in der Stadt von Santiago, und herauszufinden, ob sie Gold hätten.
Die Patres in Santiago empfingen den Bruder des Kaziken,
und er beobachtete schweigend, was die Patres taten
(ohne daß sie es merkten).
Er kehrte in sein Land zurück mit dem Pater, den sie gewünscht
hatten.
Der Kazike gab große Feste für ihn,
Lauben, Triumphbögen,
er sah ihm nicht ins Gesicht als Zeichen seines Respekts,
sie fegten den Boden, da er barfuß ging.
Und der Kazike stürzte die Götter und ließ sie verbrennen.
Man opferte keine Papageien mehr.
Und jeden Nachmittag
sangen sie die Lieder.
Der Regen hatte aufgehört.
Und Frater Bartolomé ging nach Santiago de Guatemala
zum »Land des Kriegs«.
Sie predigten ihnen auf den Feldern.
Sie riefen alle zusammen, gemeinsam in einem Dorf zu leben
(weil sie verstreut waren in den Bergen).
Und Frater Bartolomé ging nach Santiago de Guatemala
mit dem Kaziken Don Juan.

Der Gouverneur war gekommen,
um den Kaziken Don Juan zu sehen: er nahm seinen roten
Tafthut ab,
und er setzte ihn dem Kaziken auf.
Sie ließen ihn sich in den Straßen und Läden Santiagos umschauen,
gaben Befehl, daß die Läden ihm gäben, was er verlangte,
und sie holten alle Waren hervor und die seltsamsten Dinge,
und er schaute alles an mit Selbstverständlichkeit,
ohne Bewunderung
»als ob er in Mailand geboren wäre . . .«
Der Gouverneur und der Bischof
hatten ihm kostbare Dinge angeboten,
und er hatte nichts nehmen wollen,
nur ein Bild der Jungfrau Maria.

Frater Bartolomé nannte das »Land des Kriegs« jetzt
Wahrer Frieden.

(5)

Der letzte Abend des Jahres war traurig und bewölkt,
und um das Schiff herum sprangen große Fische
wie Pferde, kräftig schnaubend.
Die Narren: Vorboten des Sturms.

Doch der erste Tag des Jahrs 1545
brach an mit blauem Himmel und blauem Meer
und frischem Wind. Herden von Thunfischen
folgten dem Schiff. In der Kabine am Bug
hatten die Fratres einen Altar errichtet mit der Geburt
und mit dem Gotteskind, in Stroh gebettet. Und nach der Messe
hielt Frater Bartolomé die Predigt.
In der Ferne konnte man blaue Länder erkennen.
PATRES UND MEINE BRÜDER: Wir sehen schon
die Gipfel der Berge
des Landes, das wir betreten werden.
Es ist Yucatán.
Unzählige Menschen sind dort, weil es ein üppiges Land ist,
voller Früchte. Das Land hat kein Gold,
aber Honig und Wachs, mehr, als andere Länder hier.
Es mißt dreihundert Meilen im Umfang. Regiert
wird es mit dem besten politischen System Westindiens,
und da sind keine Laster und keine Sünden,
und man könnte große spanische Städte dort bauen
und darin leben wie in einem irdischen Paradies.
Aber ein Gouverneur kam in dieses Reich
und brachte alle um, die in ihren Häusern waren, ohne Grund.
Und da sie kein Gold besaßen, nahm er das Gold aus ihren
Körpern.
Und sie kamen zurück, beladen mit verkauften Menschen,
eingekauft gegen Wein, Öl und Essig,
eingetauscht für Speck, eingetauscht für Pferde.
Die schönste Zofe für eine Arroba Wein*.

* Maßeinheit, entspricht 11,5 kg.

Ein Stück Speck. Der Sohn eines Fürsten
(oder was wie der Sohn eines Fürsten aussah)
eingekauft gegen einen Käse. Hundert Leute gegen ein Pferd.
Während er so sprach, lag das Schiff ganz still,
und kein Wind bewegte eine Welle oder ein Segel.
Dann sangen sie Vesper und die Komplet,
und ein ganz zahmer Wind begann zu wehen,
das Boot kam näher und näher zum Land hin.
Mit dem Senkblei in der Hand erforschten sie den Hafen,
und als es dunkel war, entzündeten sie ein Feuer im Marssegel,
und man antwortete ihnen vom Land her. Sie näherten sich noch mehr,
bis zu einer Tiefe von drei Armen, und sie warfen den Anker
und warteten, daß es Tag werde.

HULDIGUNG DER AMERIKANISCHEN INDIOS

1969

DIE VERLORENEN STÄDTE

Des Nachts fliegen die Schleiereulen zwischen den Grabsteinen,
die Wildkatze miaut auf den Terrassen,
der Jaguar brüllt in den Türmen,
und der einsame Kojote heult auf der Gran Plaza
den Mond an, der sich in den Lagunen spiegelt,
die Teiche waren vor langen Katuns*.

Jetzt sind die Tiere wirklich,
die auf den Fresken dargestellt sind,
und die Fürsten verkaufen Tonkrüge auf dem Markt.
Wie aber noch einmal in Hieroglyphen schreiben,
den Jaguar noch einmal malen, die Tyrannen stürzen?
Unsere tropische Akropolis wiederaufbauen,
unsere ländlichen Hauptstädte von Mais umgeben?

Das Gestrüpp steht voller Denkmäler.
In den Maisfeldern gibt es Altäre.
Zwischen den Wurzeln der Chilamatebäume Torbögen mit Reliefs.
Im Urwald, dort, wo wohl noch kein Mensch eingedrungen ist,
wohin nur der Tapir und der Einsame Pizote gelangen
und der Quetzal**, gekleidet wie eine Maya:
da gibt es eine Hauptstadt.
Als die Priester zum Tempel des Jaguar hinaufstiegen,
mit Jaguarmänteln und Fächern aus Quetzalschwänzen
und mit Sandalen aus Hirschleder und Ritualmasken,
da stiegen auch die Rufe hinauf vom Pelotaspiel***,
der Klang der Trommeln, der Weihrauch aus Copal, verbrannt
in den heiligen Kammern aus Zapoteholz,
der Rauch der Fackeln aus Ocotefichten . . . Und unterhalb von
Tikal
ist noch eine Metropolis, 1000 Jahre älter.
– Wo jetzt die Affen in den Zapotebäumen schreien.

---

* »Katun« ist das Jahrhundert der Mayas = 52 Jahre.
** Kleiner tropischer Klettervogel mit langem Doppelschwanz.
*** Lateinamerikanisches Ballspiel.

Auf den Grabsteinen steht kein militärischer Name.

In ihren Tempeln und Palästen und Pyramiden
und in ihren Kalendern und ihren Chroniken und Gesetzbüchern
ist kein Name eines Kaziken, eines Feldherrn, eines Kaisers,
kein Priester, kein Führer, kein Gouverneur, kein General,
kein Häuptling,
und sie verzeichneten auf ihren Steinen weder politische Ereignisse
noch Verwaltungsakte noch Dynastien
noch regierende Familien noch politische Parteien.
Jahrhundertelang gibt es nicht die Spur eines menschlichen Namen,
und die Archäologen wissen noch nicht, wie sie regiert worden sind.

Das Wort »Herr« war in ihrer Sprache unbekannt.
Und das Wort »Mauer«. Sie umgaben ihre Städte nicht mit
Mauern.
Ihre Städte bestanden aus Tempeln, und sie lebten auf den
Feldern,
zwischen Maisfeldern, Palmen und Papayas*.
Die Torbögen ihrer Tempel waren Kopien ihrer Hütten.
Die Straßen waren nur für Prozessionen da.
Die Religion war die einzige Verbindung zwischen ihnen,
doch es war eine frei angenommene Religion,
die ihnen weder Unterdrückung war noch eine Last.
Ihre Priester hatten keine weltliche Macht,
und die Pyramiden wurden nicht in Zwangsarbeit erbaut.
Der Höhepunkt ihrer Zivilisation verwandelte sie nicht in ein
Kaiserreich.

Und sie besaßen keine Kolonien. Sie kannten den Pfeil nicht.
Sie kannten Jesus als den Gott des Mais
und brachten ihm einfache Opfer dar
vom Mais und von Vögeln und Federn.
Sie führten nie Kriege, sie kannten das Rad nicht,
doch sie berechneten die Umlaufbahn der Venus:

---

* Tropischer Obstbaum.

verzeichneten jeden Abend den Aufgang der Venus
am Horizont, über einer weit entfernten Ceiba,
wenn die Lapapärchen zu ihren Nestern flogen.
Sie hatten keine Metallurgie. Ihre Werkzeuge waren aus Stein,
und technologisch lebten sie in der Steinzeit.
Doch sie errechneten exakte Daten, die es
seit vierhundert Millionen Jahren gibt.
Sie hatten keine angewandten Wissenschaften. Sie waren nicht
praktisch.
Ihr Fortschritt lag in der Religion, in den Künsten,
der Mathematik,
der Astronomie. Sie kannten keine Gewichte.
Sie beteten die Zeit an, jenes geheimnisvoll Fließende
und weiter Fließende der Zeit.
Die Zeit war heilig. Die Tage waren Götter.
Vergangenheit und Zukunft verweben in ihren Gesängen.
Für Vergangenheit und Zukunft galten dieselben Katune,
weil sie glaubten, die Zeit kehre stetig wieder,
wie sie die Gestirne sich stetig drehen sahen.
Doch die Zeit, die sie anbeteten, kehrte plötzlich nicht wieder.

Da sind Grabsteine, die dastehen, ohne bearbeitet worden zu sein.
Die Blöcke blieben halb behauen in den Steinbrüchen.
– Und da sind sie noch. –

Jetzt durchqueren nur einsame Gummisammler das Petén-Gebiet*.
Die Vampire nisten in den Stuckfriesen.
Die Wildschweine grunzen, wenn es Nacht wird.
Der Jaguar brüllt in den Türmen – den Türmen zwischen den
Wurzeln –,
ein Kojote in der Ferne, auf einer Plaza, heult den Mond an,
und das Flugzeug der Pan American überfliegt die Pyramide.
Aber werden einst die vergangenen Katune wiederkehren?

---

* Gegend an der Grenze zwischen Guatemala und Britisch-Honduras.

ÖKONOMIE VON TAHUANTINSUYU

Sie hatten kein Geld
Gold gab es um Eidechsen zu machen
und nicht MÜNZEN
um Schmuck zu machen
der wie Feuer erstrahlte
im Licht der Sonne oder der Scheiterhaufen
Bildnisse von den Göttern
und von den Frauen die man geliebt
und nicht Münzen
Milliarden Schmiedefeuer leuchteten in der Nacht der Anden
und in allem Überfluß an Gold und Silber
hatten sie kein Geld
sie konnten
das Gold und das Silber
gießen und walzen und löten und gravieren
das Gold: den Schweiß der Sonne
das Silber: die Tränen des Monds
Schnüre Perlen, Filigrane
Broschen
Brustschmuck
Schellen
aber kein GELD
und weil es kein Geld gab
gab es weder Prostitution noch Raub
die Türen der Häuser ließen sie offen
weder Korruption der Verwaltung noch Unterschlagung
– alle zwei Jahre
legte man Rechenschaft ab über seine Handlungen in Cuzco
weil es weder Handel noch Währung gab
gab es auch
keinen Handel mit Indios
Niemals wurde ein Indio verkauft
Und da war Chicha für alle.

Sie kannten den inflatorischen Wert des Geldes nicht
ihr Geld war die Sonne die allen schien
die Sonne die allen gehörte und die alles wachsen läßt
die Sonne ohne Inflation und Deflation: Auch ohne
die schmutzigen »Soles«* mit denen der Arbeiter bezahlt wird
(der dir für einen peruanischen Sol die Ruinen zeigt)
Und man aß 2mal täglich das ganze Kaiserreich auf

Und nicht die Finanzleute
waren die Schöpfer der Mythen

Später wurde das Gold aus den Tempeln der Sonne geplündert
und in Verkehr gebracht in Form von Barren
mit den Initialen Pizarros**
Das Geld brachte Steuern
und mit der Kolonie kamen die ersten Bettler

Das Wasser singt nicht mehr in den Kanälen aus Stein
die Straßen sind zerstört
die Erde ist trocken wie Mumien
wie Mumien
lustiger Mädchen die tanzen
im *Airiway****
dem Monat des Tanzes des Zarten Mais
jetzt dürr und kauernd in den Museen

Manco Capac! Manco Capac!****
Reich an Tugend und nicht an Geld
»Mann reich an Tugenden«
Ein Wirtschaftssystem ohne MÜNZEN
Gesellschaft ohne Geld, von der wir träumen

---

* Peruanische Währung, span. »Sonnen«.
** Der Peru eroberte.
*** April.
**** Kaiser der Inkas, übersetzt: Tugendreicher.

Sie schätzten das Gold doch genauso
wie sie die rosafarbenen Steine schätzten oder die Weiden
und sie boten es als Speise
als Weidenfutter
den Pferden der Konquistadoren
als sie die auf Metall kauen sahen (dem Zaumzeug)
mit schäumenden Mäulern
Sie hatten kein Geld
und niemand starb aus Hunger im ganzen Reich
und die Farben ihrer Ponchos sind über 1000 Jahre erhalten
auch die Prinzessinen sponnen mit ihren Spindeln
die Blinden waren mit dem Entkernen des Mais beschäftigt
die Kinder auf der Vogeljagd
DIE INDIOS BRAUCHEN ARBEIT
das war ein Slogan der Inkas
so arbeiteten die Lahmen die Einarmigen die Alten
es gab keine Unnütze keine Arbeitslose
Essen bekam auch wer nicht arbeiten konnte
und der Inka* arbeitete indem er malte und zeichnete
Beim Fall des Reiches
hockte der Indio sich nieder
wie ein Häuflein Asche
und er tat nichts anderes als nachzudenken . . .
gleichgültig angesichts der Wolkenkratzer
angesichts der Allianz für den Fortschritt
Nachdenken? Wer weiß
Der Erbauer von Macchu Picchu**
im Papphaus
aus Quäker-Kartons

Der Smaragdschneider hungrig und stinkend
(der Tourist macht ein Foto)
Einsam wie Kakteen
schweigsam wie das Land – im Hintergrund – der Anden

---

* Der Kaiser.
** Die heilige Stadt der Inkas.

Asche sind sie
Asche sind sie
die der Wind der Anden verweht hat
Und das verweinte Lama, beladen mit Holz,
das den Touristen stumm ansieht
an seinen Herrn geschmiegt

Sie hatten kein Geld
Niemand wurde je verkauft
Und sie beuteten nicht die Bergleute aus
VERBOTEN
war die Förderung von Silber mit Schlangenbewegungen
(die die Indios zittern läßt)
Verboten das Fischen nach Perlen
Und die Armee war nicht verhaßt beim Volk
Die Aufgabe des Staates
war dem Volk zu essen zu geben
Das Land war dem der es bearbeitete
und nicht den Großgrundbesitzern
Und die Plejaden bewachten die Maisfelder
Da war Land für alle
Wasser und Dünger umsonst
(da gab es kein Guanodünger-Monopol)
Offene Bankette für das Volk
Und wenn die Feldarbeiten des Jahres begannen
wurden mit Liedern und Chicha die Äcker verteilt
und beim Klang der Trommeln aus Tapirhaut
zum Klang der Flöte aus Jaguarknochen
pflügte der Inka die erste Furche mit einem goldenen Pflug
Selbst die Mumien nahmen ihr Säckchen mit Körnern
auf ihre Reise ins Jenseits mit

Die Haustiere waren geschützt
Gesetze gab es für Lamas und für Schafkamele
selbst die Tiere des Urwalds hatten ihre Gesetze
(die die Söhne der Sonne noch heute nicht haben)

Vom Platz der Freude in Cuzco
(dem Zentrum der Welt)
gingen die 4 Straßen
in die 4 Gegenden in die das Reich geteilt war
»Die vier Horizonte«
TAHUANTINSUYU
Und die hängenden Brücken
über den tobenden Flüssen
die gepflasterten Landstraßen
Serpentinenpfade in den Bergen
alles strömte
zum Platz der Freude in Cuzco
das Zentrum der Welt
Der Thronerbe
übernahm den Thron des Vaters
ABER NICHT SEINEN BESITZ
Ein Agrar-Kommunismus?
Ein Agrar-Kommunismus
»DAS SOZIALISTISCHE REICH DER INKAS«
Neruda: es gab keine Freiheit
einzig soziale Sicherheit
Und nicht alles war vollkommen im »Paradies der Inkas«
Sie zensierten die Geschichte erzählt von Knoten
Unentgeltliche Motels an den Landstraßen
ohne die Freiheit zu reisen
Und die Säuberungen des Atahualpa*?
Der Schrei der Verbannten
im Urwald des Amazonas?
Der Inka war Gott
war Stalin
(Opposition wurde nicht geduldet)
Die Sänger sangen nur die offizielle Geschichte
Amaru Tupac** wurde gestrichen von der Liste der Könige

---

* Kaiser der Inkas.
** Peruanischer Kazike, von den Inkas abstammend, Sozialrevolutionär.

Aber ihre Mythen!
Nicht die der Volkswirtschaftler!
Die religiöse Wahrheit
und die politische Wahrheit
waren für das Volk eine einzige Wahrheit
Eine Volkswirtschaft *mit* Religion
das Land des Inka wurde zuletzt gepflügt
zuerst das der Sonne (das des Kultes)
dann das des Volkes
und das Land des Inka wurde zuletzt gepflügt

Ein Reich von *ayllus**
ayllus arbeitender Familien
Tiere Pflanzen Mineralien
ebenso in *ayllus* unterteilt
das umfassende Universum ein einziger großer *Ayllu*
(und heute statt der *ayllus:* Großgrundbesitz)
Das Land ließ sich nicht veräußern
*Llacta mama*** (die Erde) gehörte allen
Mutter aller

Mit Liedern und Chicha wurde die Ernte eingebracht
heute bricht eine Panik aus an den Börsen bei guter Ernte
– das Gespenst des Überfluss' –
AP, NEW YORK,
(auf dem langen gelben Papierstreifen)
WELTZUCKERPREIS HEUTE FÜR ZUKÜNFTIGEN
EXPORT GEFALLEN
VERKÄUFE BEEINFLUSST VOM FALLEN DER PREISE
AUF DEM AUSFUHRMARKT UND VON DEN
VORHERSAGEN
DASS DIE WELTPRODUKTION EINEN STAND ERREICHT
WIE NIE ZUVOR

---

* Volkswirtschaftliche Kommunen, Kolchosen, Kibbuzim.
** »Mutter Erde«.

so wie die Börse bebt
das Gespenst des Friedens
erbebt der Fernschreiber
DER WERTPAPIERMARKT ERLITT HEUTE DAS
STÄRKSTE TIEF
U.S. STEEL 3,1 ZU 322,5 – BASE METALS 0,42 ZU 70,98
MC 1038 AES
(auf dem langen gelben Papierstreifen)
Jetzt
sind die Töpfereien farblos und traurig
das Karminrot des Achiotebaums
lacht nicht mehr auf den Stoffen
die Stoffe sind arm geworden
haben den Stil verloren
weniger Fadenschläge per Zoll
und der »vollkommene Faden« wird nicht mehr
gesponnen
Llacta mama (die Erde) gehört den Großgrundbesitzern
in der Bank eingefangen ist der goldene Schmetterling
der Diktator ist reich an Geld nicht an Tugend
und wie melancholisch
wie melancholisch ist die Musik der Yaravíes*
In die Königreiche des Coca
oder der Chicha
sind die Reiche der Inkas verbannt
(nur dann sind sie frei und fröhlich
und sprechen laut
und gibt es sie wieder im Reich der Inkas)
In der Puna**
eine traurige Flöte
eine
Flöte so zart wie der Mondschein
und das Klagen einer Quena***

* Gesang, meist von der Liebe, der Indios Chiles, Perus und Columbiens.
** Steppe des Hochlands.
*** Peruanische Inkaflöte.

in einem Qechualied . . .
Chuapi punchapi tutayaca
(»Nacht wurde es mitten am Tag«)
ein Hirt zieht vorbei mit seiner Herde Lamas
und die Schellen klingeln
zwischen den Felsen
die einst
glatte Mauern waren

Wird Manco Capac eines Tages mit seinem Goldpflug
wiederkehren?
Und wird der Indio wieder sprechen?
Wird es möglich sein
das blinkende Gefäß
aus diesen Scherben wieder erstehen zu lassen?
Aufs neue zu verbinden
mit langen Mauern
die Monolyten
daß ein Messer nicht in die Fugen dringt?
Daß ein Messer nicht in die Fugen dringt
Die zerstörten Landstraßen wiederaufzubauen
in Südamerika
bis zu den vier Horizonten
mit ihren alten Kurierstationen?
Und das Universum des Indio wird wieder ein *Ayllu* sein?

Die Reise führte sie ins Jenseits nicht in die Museen
doch im Glasschrank des Museums
hält die Mumie in ihrer trockenen Hand
ihr Säckchen mit Körnern.

8 AHAU

Ein Regen von falschen Worten ist auf uns gefallen
Ja, wir sind angegriffen worden mit Worten
Das Brot des Lebens
wurde uns auf die Hälfte reduziert
Die Reden des Teufels, genannt *Ah Uuuc*, Der-Sieben-Tod
Jetzt regieren Kojoten uns
jetzt haben Schlauberger zu sagen
Hapai-Can nimmt die Länder, die gierige Schlange
Ihr werdet sagen: in jedem Katun gab es Unterentwicklung usw. ...
Der schreckliche Ayin, der Schlauberger
und der bösartige Xooc, der Hai.
Und über unseren Häuptern die Geier des Todes
In dieser Zeit der Plebejer – Herren ...
Falsche Worte. Worte des Irrsinns
Wir sind angegriffen worden von falschen Zungen.
(Die Feinde unserer Speise)
Auguren pessimistischer Regierungen ...
Wir sagen:
vielleicht haben sie Mitleid mit den Maisfeldern
Despotismus.
Blutsauger.
... während die Affen-Herren ...
Die reißenden Füchse gehen von Hütte zu Hütte
treiben die Steuern ein.
Reißen die Macht an sich
die von Freudenmädchen Geborenen
(die Hurensöhne)
Wenn der Machtwechsel kommt
wenn die Regierung der vielen kommt
werden die Tassen groß sein
werden groß sein die Teller von denen gemeinsam
gegessen wird
dann wird der Katun begründet
der Katun des Lebensbaums

Schon sehe ich die Generäle in Zellen
unter Arrest gesetzt.
Wir schreiben ins Buch der kommenden Jahre.
Die Dichter, wir
die wir das Volk beschützen mit Worten
Die Vorhersagen werden euch täuschen,
wenn ihr nicht auf sie hört.
Ein Katun der Gewaltlosigkeit.
Stille Himmel über den Maisfeldern des Volkes
... zu den Zeiten der Honigernte ...
Dann geben sie uns die hübschen Hütten zurück.
Aus gemalten Worten besteht der Weg,
aus gemalten Worten der Weg, dem wir zu folgen haben.
Seht den Mond, die Bäume des Urwalds,
und ihr wißt, wann der Machtwechsel kommt.
Wie sieht die Säule aus, an der wir arbeiten?
Meine Aufgabe ist: Dolmetscher sein
eure Pflicht (und meine):
von neuem geboren werden.

ARDILLA DE LOS TUNES DE UN KATÚN

Die Augen der Kinder können die Schriften nicht lesen.
Die Bücher aus Holz. Die Schrift
auf dem Stein. Und sie sind wie Blinde . . .
unsere Kinder.
Sie weinen in der Nacht, Cuy, Eule, Icim und Uhu
in den Ruinen.
Und wenn sie weinen
stirbt der Indio.
Zerstreut sind die Menschen, die singen.
Die Jaguare bekommen Auszeichnungen.
Militärjuntas auf Bergen von Totenköpfen
und Geier, die Augen fressen
Der Diktator der-Opfer-Bringende-der-menschliche-Herzen-
ausreißt
Miss Guatemala ermordet
durch die »Weiße Hand«
Und pfeileschießend kam die United Fruit Co, pfeileschießend
auf Waisen, auf Witwen, auf die Ärmsten.
Sie speisten Quetzal sie speisten ihn gebraten.
Haben sie uns nicht schon genug erniedrigt?
Wir regieren, um dem Volk das Geld zu stehlen, sagten sie.
Und vielleicht wissen sie von unseren Tagen, von den Sternen?
der Kalender
wie Scheiße.
Steuern, um vom Bettler Almosen zu verlangen, vom Ärmsten.
Chilán, Dichter Dolmetscher Priester laß wissen
daß der erste Vollmond des Katuns gekommen ist
der schwangere Mond
Die Zeit ist gekommen, da der Präsident auskotzen soll, was er
geschluckt hat
und die Schönheitskönigin soll auferstehn auf der Polizeistation
Sie wird sagen:
Sagt mir wie man nach Chichén Itzá kommt
Und wenn da Freude sein wird für das Volk (nicht Kummer)
über den Überfluß

dann wird Mayapán der Ort sein an dem der Katun wechselt
Cuceb heißt Revolution
wörtlich »Ardilla« (das, was sich dreht)
Das wird das Ende sein ihrer Bettelei und ihrer Habsucht.

TAHIRASSAWICHI IN WASHINGTON

Im Jahre 1898 ging Tahirassawichi nach Washington,
»nur um über Religion zu sprechen«
(wie die amerikanische Regierung bekanntgab),
nur um die Gebete zu erhalten.
Und das Capitol beeindruckte ihn nicht.
Die Kongreßbibliothek war ganz gut,
aber nicht geeignet, die heiligen Dinge aufzubewahren,
die nur in seiner Lehmhütte bewahrt werden konnten
(die schon baufällig war).
Als sie ihn am Denkmal Washingtons fragten,
ob er mit dem Aufzug oder über die Treppe hinaufgehen wolle,
meinte er: »Ich gehe nicht hinauf. Die Weißen häufen Steine an,
um auf sie hinaufzusteigen. Ich gehe nicht hinauf.
Ich bin die Berge hinaufgegangen, die Tirawa gemacht
hat.«
Und Tahirassawichi sagte zum Department of State:
»Die Hütte Tirawas ist das Rund des blauen Himmels
(wir mögen keine Wolken zwischen Tirawa und uns).
Was zuerst getan werden muß, ist:
einen heiligen Ort wählen zum Wohnen,
einen Ort, der Tirawa geweiht ist, wo der Mensch
leben kann in Ruhe und in Versenkung.
Unsere runde Hütte ist das Nest
(das Nest, in dem man zusammen ist und die Kinder
behütet).
In der Mitte das Feuer, das uns vereint zu einer Familie.
Die Tür, damit ein jeder eintreten kann,
und dort kommen die Visionen herein.
Blau ist die Farbe der Hütte Tirawas,
und wir mischen die blaue Erde mit dem Wasser vom Fluß,
weil der Fluß das Leben darstellt, das fließt,
unaufhörlich, durch die Geschlechter.
Der Topf mit der blauen Farbe ist die Wölbung des Himmels,
und wir malen einen Maiskolben, das ist die Macht der Erde.

Doch diese Macht kommt von oben, von Tirawa,
deshalb malen wir den Maiskolben mit der Farbe Tirawas.
Dann bringen wir Tirawa den Rauch des Tabaks dar.
Früher rauchte man nicht aus Vergnügen, sondern zum Opfer;
die Weißen lehrten die Leute, den Tabak zu schänden.
Am Weg grüßen wir jedes Ding mit einem Lied,
weil Tirawa in allem ist. Wir grüßen die Flüsse:
von fern sind die Flüsse eine Reihe von Bäumen,
und wir singen diesen Bäumen,
näher sehen wir die Linie des Wassers, und wir hören es klingen,
und wir singen dem Wasser, das klingend dahinfließt.
Und wir singen den Büffeln, nicht auf den Weiden,
wir singen das *Lied der Büffel* in unseren Hütten,
weil keine Büffel mehr da sind.
Und wir singen den Bergen, die Tirawa gemacht hat.
Auf die Berge steigen wir nur, wenn wir beten wollen.
Von dort kann man sehen, ob Feinde kommen. Oder ob Freunde kommen.
Die Berge sind gut für den Menschen, deshalb singen wir ihnen.
Und wir singen den Hochebenen, aber wir singen ihnen in unseren Hütten,
weil wir Hochebenen nicht gesehen haben,
diese Gebirge, die flach sind an ihren Gipfeln;
doch man hat uns erzählt, unsere Väter hätten viele Hochebenen gesehen,
und wir erinnern uns, was sie dort in der Ferne gesehen, auf ihren Reisen.
Und wir singen dem Morgenrot, wenn es im Osten erscheint,
und alles Leben wird neu
(das ist so wundervoll, ich spreche ihnen
von etwas wunderbar Heiligem).
Wir singen dem Morgenstern,
er ist wie ein Mensch und ist rot bemalt
mit der Farbe des Lebens.
Wir singen, wenn die Tiere erwachen
und hervorkommen aus ihren Verstecken, wo sie geschlafen haben.

Die Hindin tritt zuerst hervor, gefolgt von ihrem Kitzlein.
Wir singen, wenn die Sonne in die Tür unserer Hütte tritt
und wenn sie im Dachfenster steht in der Mitte der Hütte
und dann am Abend, wenn keine Sonne mehr ist in der Hütte;
und das ist wie zu Füßen der Berge, die wie Mauern sind
einer großen runden Hütte, in der die Völker leben.
Wir singen des Nachts, wenn die Träume kommen.
Denn die Visionen besuchen uns leichter des Nachts.
Sie reisen viel leichter über die schlafende Erde.
Sie kommen zur Hütte, bleiben stehn in der Tür,
und dann treten sie ein, und sie füllen die Hütte ganz.
Wenn es nicht wahr wäre, daß unsere Träume kämen,
hätten wir längst keine Lieder mehr.
Und wir singen des Nachts, wenn die Plejaden aufsteigen.
Die sieben Sterne sind immer zusammen
und weisen den Weg dem, der verloren ist, weit von seinem Dorf
(und sie lehren die Menschen, zusammenzubleiben wie sie).
Tirawa ist der Vater all unserer Träume,
und er verlängert das Leben unseres Stammes durch unsere Söhne.
Mit blauem Wasser malen wir das Zeichen Tirawas
(einen Bogen und in seiner Mitte einen Strich, der hinuntergeht)
ins Gesicht eines Kindes.

Den Bogen auf Stirn und Wangen
und die gerade Linie die Nase entlang

(der Bogen die blaue Wölbung, dort wo Tirawa wohnt,
und der Strich ist sein Atem, der niederkommt und uns Leben gibt).
Das Gesicht des Kindes meint das neue Geschlecht,
und das Wasser des Flusses das Fließen der Generationen,
und die blaue Erde, die wir vermischen, ist der Himmel Tirawas
(die blaue Zeichnung, so aufgemalt, ist das Antlitz Tirawas).
Dann heißen wir das Kind, in das Wasser des Flusses zu schauen,
und beim Anblick des Wassers schaut es sein eigenes Bild,
wie es in seinem Gesicht seine Söhne sieht und die Söhne seiner Söhne;
doch es sieht auch das blaue Antlitz Tirawas,
sieht es in seinem Gesicht und in den kommenden Generationen.

Unsere Hütte, so sprach ich, hat die Form eines Nestes,
und wenn man auf einen Berg steigt und rundum blickt,
wird man sehen, wie der Himmel die ganze Erde umringt,
und daß sie rund ist, die Erde, und die Form eines Nestes hat,
damit alle Stämme zusammen leben und eins sind.
Der Sturm kann den Horst des Adlers zerstören,
doch das Goldamselnest schwankt nur leise im Wind,
und es geschieht ihm nichts.«

Tahirassawichi, nehme ich an, hat dem Department of State nichts gesagt.

DIE LANDSTRASSE

Wir bauen an einer Straße
nach Chichén Itzá
alle aus unserem Dorf
um unser Dorf Chan Kom zu verbinden
mit Chichén Itzá.
Auch wenn niemals Touristen kommen
und die Straße kein Geld einbringt.
(»Die Straße des Lichts«
nennen wir sie im Dorf.)
Noch fehlen viele Kilometer
doch von den höchsten Bäumen
des Urwalds aus sehen wir weit in der Ferne
am Horizont
ein winziges weißes Dreieck:
die Ruinen des Schlosses
von Chichén Itzá.

MAISFELD

Der Mais ist vergraben, unsichtbar wie die Toten
in deinem Maisfeld.
Nur Erdhügel an Erdhügel
wie die Pyramiden der Toten
auf dem Maisfeld der Toten.
Aber bald werden die Chac-Geister kommen mit ihren Kürbisköpfen
(ihre Macheten sind Blitze)
die Schmutzigen
die durchsichtigen Geister mit der Farbe von Regen
die untergetaucht sind in Brunnen
und sich versammeln in den Juninächten bei den Ruinen von Coba.
Und die Balam kommen, die Hüter der Felder
mit ihren Leibern mit der Farbe der Luft
die Balam, die unsichtbar über die Bäume fliegen, und die man
pfeifen hört, man hört sie
pfeifen des Nachts auf den Wegen, böse Geister verjagend.
Und der Vogel X-kol wird in den Maisfeldern singen
um den Mais wachsen zu lassen
mehr und mehr und wachsen und wachsen
(von Busch zu Busch)
und um den Mais glücklich zu machen.
Mit dem Wind von Osten kommen die Regen
sie kommen von Osten, von dort, wo die Sonne aufgeht
und wo aufgehen der Mond und die Sterne
von Osten, wo die Ruinen von Coba sind.
Und dort sind die Tiere der Träume
von denen die Jäger sprechen
Tiere mit langen Haaren, mit Tupfen oder mit Flecken wie Tiger
die seltsamen Tiere, wie man sie nur in den Träumen sieht
und die die Ruinen von Coba umkreisen.
Unter der Erde die Samen, Stufe um Stufe
eine Stufe an jedem Tag
steigen sie auf an der Pyramide des Mais.
Die Nacht ist voller Sterne, die strahlend leuchten
Boten des Regens.

STROPHEN
BEIM TODE MERTONS

1970

Unsere Leben sind Flüsse
die zum Tode führen
der Leben bedeutet
Dein Tod ist eigentlich lustiger, Merton
(oder absurd wie ein Koan)
dein Tod Marke General Electric
Und die Leiche nach USA in einem Flugzeug der Army
mit deinem dir so eigenen Humor hättest du gelacht
siehst du Merton totgelacht auch ohne Leiche
auch ich
Die Eingeweihten des Dyonisos pflanzten Efeu . . .
(ich kannte es nicht)
Heute tippe ich mit Freude dies Wort Tod
Sterben ist nicht wie der Zusammenstoß mit einem Auto
oder wie ein Kurzschluß
wir sind ein Leben lang gestorben
Ist es in unserem Leben
wie der Wurm im Apfel? Nicht
wie der Wurm sondern wie
die Reife!
Oder so, wie die Mangos in diesem Sommer auf Solentiname
gelb werden, wie sie warten
auf die Goldamseln . . .
die hors d'œuvres
gab es nicht in den Restaurants
wie angekündigt in den Zeitschriften
noch war der Vers so gut wie wir wollten
oder der Kuß.
Unsere Wünsche waren immer jenseits aller Wünsche.
Wir sind Somozas, die immer mehr Landgüter wollen
More More More
und nicht nur mehr, auch noch etwas »anderes«
Die Hochzeit des Wunsches
der Koitus des perfekten Wollens ist der Akt
des Todes.

        Wir wandeln zwischen den Dingen als hätten wir
ein Schreibheft verloren
das sehr wichtig war.
            Wir fahren mit dem Fahrstuhl hinauf und hinunter.
Wir gehen in Supermärkte, in Läden
wie alle Leute, suchen nach einer Ware,
die sehr bedeutend ist.
            Wir leben als warteten wir auf unendliche
Rendezvous. Oder darauf,
            daß uns im Telefon anspricht
das Unaussprechliche.
Und wir sind allein
unsterblicher Weizen, der nicht stirbt, wir sind allein.
Wir träumen in Liegestühlen auf Deck
        betrachten das Meer, das die Farbe von Daikirí hat,
hoffen, daß jemand vorübergeht und uns zulacht und
Hallo sagt
Nicht Schlafen sondern Wachen.
            Wir gehen mitten durch den Verkehr wie Schlafwandler
            beachten die Ampeln nicht
mit offenen Augen und schlafend
nippen an einem Manhattan und schlafen
Nicht Schlaf
das Wachen ist Abbild des Todes
            der Erleuchtung, der Glanz
des Todes, der blind wird.

Und es ist nicht das Reich des Vergessens. Die Erinnerung
        ist die Sekretärin des Vergessens.
            Sie reiht in Archiven die Vergangenheit.
Doch wenn da keine Zukunft mehr ist, nur noch die sichere
        Gegenwart
wird alles, was lebt, noch einmal leben, doch nicht als Erinnerung
und sich der Wirklichkeit enthüllen, vollkommen,
in einem Blitzlicht.

Dichtung war auch eine Abreise
wie der Tod. Sie hatte
jene Traurigkeit von Zügen und Flugzeugen, die abfahren
                    der kleine Bahnhof von Brenes
                    im kleinen einfachen Cordoba
                    bei Nacht fahren die Züge vorbei
das Lied aus der Tiefe Granadas
In all der Schönheit eine Traurigkeit
und Sehnsucht wie in einem fremden Land
      MAKE IT NEW
      (ein neuer Himmel und eine neue Erde)
doch nach diesem Wachen
kehrst du zurück zu den Klischees
zu den Slogans.
Nur in den Augenblicken da wir nicht tätig sind
konzentriert auf das Unnütze, abgereist
öffnet sich uns die Welt.
Tod ist der Akt völliger Zerstreutheit
auch: Betrachtung.

Die Liebe, vor allem die Liebe, ein Vorwegnehmen
des Todes
      In den Küssen war ein Geschmack von Tod
            sein
                  ist sein
                        in anderem Sein
      wir sind nur wir wenn wir lieben
Aber wir lieben in diesem Leben nur wenige Augenblicke lang
und nur schwach
      Wir lieben nur oder sind nur wir selbst wenn wir nicht mehr
im Sterben liegen
      Blöße allen Seins um Liebe zu machen
            make love not war
      die Liebe schenken will
      sie ist das Leben

Die Stadt die vom Himmel herabstieg – nicht Atlantic City –
Und das Jenseits ist nicht der American Way of Life
Ruhestand in Florida
oder wie ein endloses Weekend.
Der Tod ist die offene Tür
zum Universum
Da ist kein Schild NO EXIT
und zu uns selbst
(reisen
zu uns selbst
nicht nach Tokio, Bangkok
ist der Appeal
Stewardeß im Kimono, Cuisine
Continentale
ist der Appeal dieser Anzeigen von Japan Airlines)
Eine Hochzeitsnacht, sagte Novalis
Kein Horrorfilm von Boris Karloff
Und natürlich, wie das Fallen der Äpfel
nach dem Gesetz, das die Sterne anzieht und die Liebenden
– Es gibt keine Zufälle
einer mehr, der vom großen Baume fiel
du bist ein Apfel mehr
Tom
Wir verlassen den Leib wie man
das Hotelzimmer verläßt
Aber du bist nicht der Unsichtbare von Wells
Oder so wie das Gespenst eines verlassenen Chalets
Wir brauchen keine Medien.
Und die Kinder wissen genau, es gibt ihn NICHT
wir sind unsterblich
Kann denn Napalm Leben vernichten?
Von der Gaskammer ins Nichts?
Oder sind die Evangelien Zukunftsromane?
Jesus trat ins Zimmer und nahm die Klagenden
Deshalb singen die Schwäne, sagte Sokrates, kurz
bevor sie sterben

Komm, Caddo, gehn wir hinauf
ins große Dorf (zweimal)
– Wohin alle Busse und Flugzeuge fahren
Und nicht wie ans Ende
sondern in die Unendlichkeit
fliegen wir zum Leben mit Lichtgeschwindigkeit
Und wie der Fötus die Fruchtblase zerreißt . . .
Oder wie Astronauten . . .
– der Sprung
aus der Puppe der Raupe
Und es ist ein Happening.
Der Höhepunkt
des Lebens
dies natalis
dieses pränatale Leben . . .
Die Gebärmutter verlassen
Etwas, das nicht absurd ist:
sondern ein Geheimnis
Tor zum Universum geöffnet
und nicht ins Vakuum
(wie die Tür eines Fahrstuhls, der nicht da ist)
Und schon endgültig.
. . . gleich dem Erwachen des Morgens
von der Stimme einer Schwester im Krankenhaus
Und schon haben wir nichts und doch sind wir nur
und doch sind wir nur und sind nur Sein
Die Stimme des Geliebten, die sagt:
mein Liebling, zieh den BH aus
Die offene Tür
die niemand mehr schließen kann
– »Gott, der uns zu leben befahl«
selbst wenn wir uns sehnten bei der Wiederkehr
nach atomaren Verbindungen, nach
der Bewußtlosigkeit.
Und immer größer die Bomben.
Nekrophilie: der Flirt mit dem Tod. Die Passion für den Tod.
(Leichen, Maschinen, Geld, Spucke)

und wenn sie träumen von einer Frau: dann mit dem Bild
eines Autos vor Augen
Die unwiderstehliche Faszination des Unorganischen
Hitler wurde im 1. Weltkrieg gesehn
wie er entzückt vor einer Leiche stand
und nicht wieder fort wollte
(Militärs oder Maschinen, Münzen, Scheiße)
Gaskammern bei Tag und Wagner bei Nacht
»5 Millionen«, sagte Eichmann (vielleicht auch 6)
Oder möchten wir dem Tod Make-up auflegen?
Die geliebten Wesen (sag nicht: die Toten)
geschminkt, manikürt, lächelnd
im Garten der Ruhe der Rauschenden Wiesen
of THE AMERICAN WAY OF LIFE
1 Martini oder 2 um ihr Gesicht zu vergessen
relax & tv sehen
das Vergnügen, einen Porsche zu fahren
(any line you choose)
vielleicht eingefroren auf die Auferstehung warten
in flüssigem Stickstoff bei minus 197 Grad
(eingelagert wie das Korn, das nicht stirbt)
bis zum Tag, da Unsterblichkeit billig sein soll
nach dem Kaffee ein Bénédictine
ein Sportanzug um jung zu sein, um den Tod abzuschaffen
während man uns das Serum für ewige Jugend erfindet
das Gegengift
um nicht zu sterben.
Wie in den Filmen der gute Cowboy, der nicht stirbt.
In Miami den Blühenden Brunnen suchen.
Angekündigt nach den Vergnügungen auf den Jungfrauinseln.
Oder mit der Yacht von Onassis über den Lethe-Fluß . . .

Du wolltest nicht einer der Menschen mit großem Namen sein
mit einem Gesicht, das alle Welt erkennt auf den Fotos
der Wochenblätter
deine Wüste, die blühte wie eine Lilie, war nicht die Wüste
des Paradise Valley Hotels

mit Cocktails am Swimmingpool
unter den Palmen
deine Einsamkeit war nicht die von Lost Island
wo sich die Kokospalmen über das Meer beugen
LOVE? It's in the movies
die Einbrüche der Ewigkeit
waren kurz
– Die wir nicht an die Advertisements dieser Welt geglaubt haben
Essen für 2, »je t'adore«
How to say love in Italian?
Du hast mir gesagt:
Im Evangelium steht nichts von Betrachtung
Nichts von LSD
sondern vom Schrecken Gottes (oder sollten wir besser
sagen: Entsetzen?)
Seine Liebe wie die Strahlung, die tötet, ohne uns zu
berühren
und ein Vakuum größer als der Makrokosmos!
In deiner Meditation sahst du nur die Vision
der Linienmaschine von Miami nach Chicago
und das Flugzeug der SAC mit der Bombe darin
– die Tage, an denen du mir schriebst:
My life is one of deepening contradiction and frequent darkness
Dein Typ? So uninteressant
die Reise zu weiten Einöden und Ausdehnungen des Nichts
alles wie aus Gips
weiß und schwarz, with no color
und die leuchtende Kugel ansehen, blau und rot wie Achat
mit Weihnachten am Broadway und Beischlaf und Liedern
glitzernd auf den staubigen Wellen des Meers der Ruhe
oder des Meeres des Schreckens tot bis zum Horizont. Und
wie die glänzende Kugel am Weihnachtsbaum . . .

Die Zeit? Is money
ist *Time,* ist Lumperei, ist nichts
ist *Time* und eine Berühmtheit auf dem Titelblatt

Und diese Reklame von Borden's Milch im Regen
vor Jahren in Kolumbien, aufflammend
und erlöschend, so flüchtiges Aufflammen
        und die Küsse im Kino
die Filme und die Filmstars
so flüchtig
        GONE WITH THE WIND
auch wenn noch leuchtende Schönheiten auf der Leinwand lachen
die dahingeschiedenen Stars
        das Auto hat eine Panne, der Eisschrank
wird repariert
            Sie in buttergelb in
            marmeladenfarbenem Orange und Erdbeerrot
        wie in einer Anzeige des New Yorker in der Erinnerung
und der Lippenstift ist schon verschmiert von einigen Küssen
Winken von Fenstern in Flugzeugen, die ins Vergessene
            fliegen
Shampoos von Mädchen, weiter fort als der Mond
als die Venus
        Augen wertvoller als der Stock Exchange

Der Tag von Nixons Amtsantritt ist schon vorüber
das letzte Bild auf dem Fernsehschirm löst sich auf
und man säubert Washington
Die Zeit, Alfonso, die Zeit? Is Money, Scheiße, shit
Die Zeit ist New York Times und Time
        – Und alles was ich fand war wie Coca-Cola . . .

        Proteine und Kernsäuren
            »die hübschen Zahlen ihrer Formen«
Proteine und Kernsäuren
        die Körper fühlen sich an wie Gas
die Schönheit wie bitteres
Tränengas
        Da der Film dieser Welt zu Ende geht . . .
            wie Coca-Cola
        oder ein Beischlaf for
        that matter

Die Zellen sind vergänglich wie Blumen
                    nicht aber das Leben
              Protoplasma Cromosomen nicht aber
das Leben
              Wir werden noch einmal leben, sangen die Komanchen
              Unsere Leben sind wie Flüsse
              die zum Leben führen
jetzt sehen wir nur wie im Fernsehen
später von Angesicht zu Angesicht
              Alle Wahrnehmung Versuch des Todes
                    Liebling, es ist Zeit die Bäume zu beschneiden
              Alle Küsse werden gegeben, die du nicht geben kannst
                    Granatäpfelbäume blühen
alle Liebe rehearsal des Todes
              So we fear beauty
Als Li Chi vom Herzog von Chin geraubt wurde
weinte sie bis ihre Kleider durchnäßt waren
doch im Palast hat sie bereut
geweint zu haben.
              Um die Landzunge biegt der San Juan vom †
              Enten
              fliegen vorbei
                    »die seltsamen Inseln«
oder *Lust* sagte San Juan vom Kreuz
unendliche Lust –
              die Leinwand der süßen Begegnung zerfetzt
und die Trakier weinten, wenn jemand geboren wurde, erzählt
      Herodot
und sangen, wenn jemand starb
– Das war im Advent, als in Gethsemany die Apfelbäume
neben dem Treibhaus wie Skelette dastanden
mit weißen Blumen von Eis wie die Blumen
der Eismaschinen.
Ich glaube es nicht, meinte Alfonso, im Irrenhaus,
als ich ihm sagte, daß Pallais tot sei.
Ich glaube, das ist eine politische Frage oder
so was.

Begraben sie mit ihnen auch noch ein Kamel
für die Reise? Und in Fidschi
die Waffen aus Walfischzahn?
Das Lachen der Menschen bei einem Witz ist der Beweis dafür,
daß sie an die Auferstehung glauben
oder wenn ein Kind weint in der fremden Nacht
und die Mutter es beruhigt
Die Evolution führt zum Leben
und ist nicht aufzuhalten
und nicht zu vereinbaren mit der Hypothese
vom Nichts
Yvy Mara ey
kamen auf ihren Wanderzügen bis ins Innere Brasiliens
(»Das Land in dem man nicht stirbt«)
Wie die Mangos dieses Sommers auf Solentiname
reifen
während das Noviziat dort mit einer Schneehaube bedeckt ist.
Goldamseln fliegen vorüber
zur Insel La Venada wo sie schlafen
du hast mir gesagt
it is easy for us to approach him

Wir sind fremd im Kosmos wie Touristen
wir haben keine Häuser hier nur Hotels
Wie die Gringo-Touristen
everywhere
flink mit ihren Kameras ohne verstanden zu haben
Und wie man das Motelzimmer verläßt
YANKI GO HOME
Ein weiterer Nachmittag stirbt über Solentiname
Tom
die heiligen Gewässer schimmern
und nach und nach erlöschen sie
es ist Zeit, die Coleman-Lampe anzuzünden
alle Freude heißt Vereinigung
Schmerz ohne die anderen zu sein
: Western Union

das Telegramm des Abtes von Gethsemany war gelb
WE REGRET TO INFORM YOU etc. . . .
ich sagte nur
o. k.
Wo sich die Toten vereinigen und
mit dem Kosmos eins
sind
weil es »sehr viel besser« ist (Phil. 1, 25)
›Und wie der Mond stirbt und wiedergeboren wird . . .‹
Tod heißt Vereinigung
und man ist man selbst
vereinigt sich mit der Welt
der Tod ist sehr viel besser
die Malinchebäume stehen in Blüte heute nacht, verstreuen ihr Leben
(ihr Verzicht heißt rote Blüte)
Tod heißt Vereinigung
1/2 Mond über Solentiname
mit 3 Menschen
man stirbt nicht allein
(ihre Große Hütte der Vereinigung) die Ojibwas
und die Welt ist viel tiefgründiger
Wo die Geister der Algonquin mit den Geistern der Mokassin
auf Bibergeister-Jagd gehen auf dem Geisterschnee
wir haben geglaubt, der Mond sei weit fort
sterben heißt nicht, die Welt verlassen, sondern
sich in sie versenken
du bist in der Heimlichkeit des Universums
im Underground
außerhalb des Establishments dieser Welt, der Raum-Zeit
ohne Johnson und Nixon
da sind keine Tiger
sagen die Leute von Malaya
(eine Insel im Westen)
sie stechen in See
und die See ist das Leben

        Dort, wo sich die Toten vereinigen, oh Netzahualcóyotl
oder »Herz der Welt«
        Hemingway, Raissa, Barth, Alfonso Cortés
die Welt ist viel tiefgründiger
        Hades, zu dem Christus hinunterstieg
            Busen, Bauch (Matth. 12, 40)
                SIGN OF JONAS
        die Tiefen der sichtbaren Schönheit
wo der große Walfisch des Kosmos schwimmt
voller Propheten.
        Alle Küsse, die du nicht geben konntest, werden gegeben
Alles verwandelt sich.
... »wie einer, begraben im Busen seiner Mutter ...«
        ein Cunakazike wird zu Keeler
Das Leben endet nicht, es verwandelt sich
        noch ein intrauteriner Zustand, sagen die Koguis
deshalb werden sie in Hängematten begraben
in der Haltung eines Fötus
        – eine antike Doktrin, sagte Plato
die da im Hades besteht
        Menschen, die von hier kommen ...
Beziers und die Kathedrale, vom Zug aus gesehen
        Nichts von dem was man wünscht geht verloren
            der Duft des Midi
der rote Turm von Saint Jacques am Flüßchen Tarn
die weißen und grünen Lichter von Paris, am Eiffelturm:
        C-I-T-R-O-E-N
Lax ist mit dem Zirkus gezogen
        und er weiß, wie es ist:
        wenn man aus dem Zelt kommt beim Licht der Lampen
der Abschied vom verlassenen Platz
und die Reise mit Lastwagen bei Nacht in eine andere Stadt
Und als die Frau des Chuang Tzu starb
trug Chuang Tzu nicht Trauer
        Hui Tzu traf ihn singend und tanzend an
mit der Reisschüssel als Trommel
        die Hängematte ist die Plazenta, der Strick

der Hängematte die Nabelschnur
»deine Kopfschmerzen schaden dir nicht«
Same – Pflanze – Same
die Dialektik der Vernichtung
ich meine
die des Weizens. Leben
heißt sterben und uns säend Leben geben
Bis zu dem Augenblick, da mit Maske und weißen Handschuhen
der Agent eintritt
dessen Sigel wir nicht kennen
Und er überliefert uns dem Tod mit Liebe
Und
wenn die Sterne nicht sterben
bleiben sie einsam
wenn sie nicht zu kosmischem Staub zurückkehren, die Sterne
der Same, die Pflanze, der Same
Tod heißt Vereinigung
nicht in Junction City
Oder wie die Cunas auch sagen:
»wir wollen eines Tages etwas Gutes essen«
Und wir fordern die Übergabe des Geliebten
Und wie der Abt Hesiquius sagte: es ist
(das häufige Denken an den Tod) »als
spielten die Fische im ruhigen Meer
und die Delphine sprängen vor Freude«
Und so wie der Mond stirbt . . .
Auf einer Insel sind sie, sagte man auf Haiti
zu Columbus, sie sind alle auf einer Insel
und essen Mamayes zur Nacht
– Oder die Insel *Boluto*, im Westen Tongas
glücklich und voller Blumen und Brotfrüchten im Geiste
»wie ein Elektroschock«
schreibt mir Laughlin
»aber es ging wenigstens schnell«
die Leinwand zerrissen
die Seele und Gott getrennt . . . Und:

              . . . warum es der Liebe gefällt, daß der Akt so kurz ist . . .
              sie münden dort
              die Flüsse der Liebe der Seele ins Meer
er war schön wie Joan Baez in seinem schwarzen Wagen
Du hast gelacht bei den Anzeigen im New Yorker
              da ist die von Pan Am
              Ticket to Japan
                     To Bangkok
                            To Singapore
              All the way to the mysteries
Ein Ticket für die Betrachtung?
              Ein Ticket für die Betrachtung.
                            Und der Tod.
              All the way to the mysteries
Die Geschäftsanzeigen sind
Lehrbücher der Meditation, sagt Corita
                            Sister Corita
und Anzeigen für mehr. Nimm sie nicht
wörtlich.
Der biologische Tod ist eine politische Frage
oder so was
              General Electric, die Parze
                     ein Jet aus Vietnam für die Leiche
aber nach diesem Winter, zu Ostern
oder zu Pfingsten
wirst du die trappistischen Traktoren neben dem Friedhof hören
trappistisch, aber laut, die Erde umpflügend
um zu säen, neue Mayas, den alten Mais
              – die Epoche der Caterpillar-Auferstehung
                     und die der Grillen

Wie die Bananenstaude stirbt, um Früchte zu tragen, sagen die
       Leute aus Hawai.
              Du warst ganz leer
                     und hattest alle Liebe gegeben, schon
hattest du nichts mehr in Händen
                     Und alles war fertig für Bangkok.

Um noch einmal zu beginnen
den Tod des Alters hinzunehmen
Unsere Leben
die zum Leben führen
das kleine Fenster des großen Jets weint
beim Start in Californien
aus Freude!
Schließlich kamst du nach Solentiname (was nicht praktisch war)
vom Dalai Lama her, und vom Himalaya mit seinen Bussen
die wie Drachen bemalt sind
zu den »seltsamen Inseln«; du bist hier
mit deinen schweigenden Tzus und Fus
Kung Tzu, Lao Tzu, Meng Tzu, Tu Fu und Nicanor Parra
und überall; so leicht, mit dir in Verbindung zu sein
wie mit Gott (oder so schwer)
wie der ganze Kosmos in einem Tropfen Tau
an diesem Morgen auf dem Weg zur Latrine
Elias ist vom Wagen der kosmischen Energien gerissen worden
und bei den Papua machten sie, als sie
den Telegraphen sahen, ein winziges Modell,
um mit den Toten zu sprechen
die Kelten brachten Silber, sagt Valerius der Große
damit man jenseits des Grabens bezahlen könne.

Die Küsse sind alle gegeben oder nicht gegeben.
Deshalb singen die Schwäne, sagt Sokrates
in deiner Brust dreht sich noch immer
der Fächer
Wir lieben nur oder wir sind nur wir, wenn wir sterben.
Das große Finale, um alles Sein hinzugeben.
o. k.

NACHWORT

Ernesto Cardenal, so erfährt man, lebt auf einer der Inseln, die zur Gruppe Solentiname im Großen See von Nicaragua gehören. Er lebt in einer Kommune, die mit den vom kargen Boden mühsam lebenden Indios zusammenarbeitet, sie – im Sinne der von Ivan Illich geforderten »entschulten« Lebenspraxis – unterrichtet, auch ärztlich betreut. Die Kommune hat sich dem Prinzip der Gewaltlosigkeit verschrieben, zu der für sie auch völlige Besitzlosigkeit zählt. Besitz ist Macht, Besitzlosigkeit dagegen die beständige Kontestation der Macht – erst recht in einem Land, dessen Boden zu mehr als 25 Prozent dem Staatspräsidenten gehört.
Ernesto Cardenal, so hört man, hat das Erbe seiner sehr reichen Familie ausgeschlagen, lebt arm mit Armen und Ärmsten. Das ist seine und seiner Freunde Weise, an der Veränderung der herrschenden Zustände, die durch die »ungerechte Verteilung der Reichtümer« (Cardenal) gekennzeichnet sind, zu arbeiten.
Ernesto Cardenal ist arm, seine Gedichte sind um so reicher, reich an Sinnlichkeit und Anschauung, reich an Imagination und Erinnerung, reich an geschichtlichen und politischen Details, reich an evangelischer Substanz – evangelisch nicht im Sinne einer Konfession, sondern im Sinne des Evangeliums Jesu, das die Armen seligpreist und ihnen das Reich Gottes zusagt. Die Schönheit der Cardenalschen Dichtung ist Widerschein dieser Verheißung und Vor-Schein kommender Veränderung. Dabei wird nichts verklärt! Der Weg in die Zukunft ist konkreter, geschichtlicher Passions- und Kreuzweg, das weiß der Dichter aus eigener Erfahrung im Kampf gegen das Somoza-Regime in Nicaragua, das zeigt er in seinen Gedichten am Beispiel anderer Befreiungskämpfer.
Vor dem Reichtum Cardenalscher Gedichte erweisen sich Begriffe wie »engagierte« oder »politische« oder »christliche« Dichtung als doktrinäre Verpowerungen. So gewiß diese Dichtung engagiert, politisch, christlich ist, so gewiß ist sie mehr, ist sie nicht an Programm und Ideologie, sondern an lebendigen Menschen, an ihrem Leiden, ihrer Freude, an ihrer wortlosen Größe und an ihrer Demütigung orientiert. Darum stehen Gedichte, die Stimme

des stummen Volkes, des »großen Parias der Geschichte« (Ludwig Derleth), sind, neben Gedichten persönlicher, ja privater Art. Die Erkenntnis, daß der einzelne zu einem konkreten Volk, zu einer konkreten Klasse gehört, hebt die andere Einsicht nicht auf, daß er ein individueller Mikrokosmos ist, Ebenbild Gottes! Im Gegenteil: das Wissen um den unendlichen Wert und Reichtum des einzelnen fordert gesellschaftliches Engagement erst recht heraus, weil ja auch der unterdrückte Indio, der Ausgebeutete, der Gefangene, Gefolterte ein individueller Mikrokosmos und Ebenbild Gottes ist.

In Cardenals Gedichten begegnet eine Gewaltlosigkeit, die mehr ist als soziale Strategie oder Taktik, nämlich Gewaltlosigkeit schöpferischer Liebe. In dieser Liebe leuchten Menschen, Landschaften, Geschichte, soziale Situationen auf, leuchten auf in ihrer Realität, aber auch in ihrer Möglichkeit, leuchten auf, ohne vergewaltigt zu werden im Interesse eines poetischen, politischen oder theologischen Dogmas. »Alle Dinge sind die Liebe Gottes, in Dinge verwandelt.« So heißt es in Cardenals »Buch von der Liebe«. Aber dieser Sachverhalt erschließt sich keinem Programm, keinem herrischen Zugriff. Er ist verdeckt, verborgen: nur die Gewaltlosen, die Liebenden und unter der Gewalt Leidenden können ihn entdecken, ihn leben und aussprechen – auf Hoffnung hin.

Cardenals Gedichte sind prallvoll von Realität, aber ebenso prallvoll von Vision. Realität wird plastisch im Licht einer Hoffnung, die an noch nicht entfaltete Möglichkeiten des Menschen und der Gesellschaft glaubt. Bei Cardenal scheint dieser Glaube mit den Jahren gelassener, meditativer, mystischer, gleichzeitig aber auch zäher und intensiver geworden zu sein – vielleicht eine Wirkung jener Zeit, die er im Trappistenkloster Gethsemany in Kentucky/USA (gemeinsam mit dem nordamerikanischen Dichtermönch Thomas Merton), danach in anderen südamerikanischen Klöstern verbracht hat.

Ernesto Cardenal: Dichter der Armen, der Erniedrigten und Beleidigten, aber überwältigt von der schon erschienenen und noch möglichen Schönheit der Welt, der Menschen, darum erst recht zornig auf eine Ausbeutung und Korruption, die nicht nur

Abgeordnete kauft (»Ein Abgeordneter ist billiger als ein Maultier«, sagte Samuel Zemurray, Begründer der United Fruit Company – auch das eine Information, die nebst vielen andern in Cardenals Gedichten enthalten sind!), sondern auch die Sprache verdirbt.
Als Dichter kämpft Cardenal für die Armen, Unterdrückten, schon Getöteten mit der Sprache, wobei diese jedoch nicht nur Instrument und Waffe ist: der mit ihr umgeht, ist ein Mystiker, seine Gedichte stranden nicht am Schweigen, sie kommen von ihm her, sind durch diese Herkunft reich gefüllt und gesättigt mit Erfahrungen, Bildern, Visionen, sind belebt von Mitgefühl, Zärtlichkeit, Liebe für alles Kreatürliche, vereinigen sich in Erbarmen und Zorn, Geduld und Ungeduld, Realität und Eschatologie, Politik und Mystik. Der Spannungsreichtum dieser Poesie ist nicht auf den Nenner einer Ideologie zu bringen, er ist ein lebendiger Kosmos, spiegelt deshalb keine Doktrin, sondern einen Menschen in seinem Beziehungsgeflecht zu den Mitmenschen, zur Gesellschaft, zur Geschichte, zur Landschaft und in alledem zu einem Gott, der als die Liebe geglaubt und gelebt wird.
Durch die Verleihung des Nobelpreises ist Pablo Neruda bei uns erneut bekannt geworden. Die lateinamerikanische Kritik rückt Cardenal mehr und mehr in die Nähe Nerudas. Vielleicht ist es für Lateinamerika und seine Zukunft bezeichnend, daß der eine seiner beiden bedeutendsten Dichter ein undoktrinärer Kommunist, der andere ein undoktrinärer, mystischer Christ ist. Beide keine Nur-Dichter, beide heftig und konkret für eine bessere Zukunft engagiert.
Man möchte von hier aus Lateinamerika um seine Dichter und seine Dichtung beneiden. In diesen Entwicklungsländern scheint sich eine Poesie zu entwickeln, der gegenüber die unsrige unterentwickelt geworden ist. Was bei uns Reichen arm dahinwelkt, blüht bei den Armen reich. Sollte sich auch darin etwas widerspiegeln von der Seligpreisung der Armen durch Jesus? »Denn ihnen gehört das Reich Gottes« – und Poesie könnte Angeld, Vor-Schein dieses Reiches sein.

Kurt Marti

BIBLIOGRAPHIE

Die Gedichte dieser Sammlung wurden größtenteils folgenden spanischsprachigen Originalveröffentlichungen Cardenals entnommen; ein Teil der Gedichte wurde aus dem Manuskript übersetzt.

La ciudad deshabitada. México, separata de Cuadernos Americanos, 1946.
El conquistador. Guatemala, separata de la Revista de Guatemala, 1947.
Hora O. México, separata de la Revista Mexicana de Literatura, 1960.
Gethsemany Ky. Prólogo de Thomas Merton. México, Edicienes Ecuador, 1960.
Epigramas; poemas. México, Universidad Nacional de México, 1961.
Salmos. Medellín, ediciones de la Universidad de Antioquia, 1964.
Oracón por Marilyn Monroe y otros poemas. Medelín, Ediciones La Tertulia, 1965.
Salmos. Prólogo de Jorge Montoya Toro. Separata de la Revista de la Universidad de Antioquia, 1965.
Hora O. Montevideo. Aquí Poesía, 1966.
El estrecho dudoso. Carta-prólogo de José Coronel Urtecho. Madrid, Ediciones de Cultura Hispánica, 1966.
Salmos. Avila, Institución Gran Duque de Alba, Imprenta de El Diario de Avila, 1967.
Homenaje a los indios americanos. León, Editorial Universitaria, 1969.
Salmos. Cuadernos Latinoamericanos. Ediciones de Carlos Lohlé, Buenos Aires–México, 1970.
Homenaje a los indios americanos. Colección Letras de Américas, No. 30, Santiago, Editorial Universitaria, 1970.

Deutschsprachige Ausgaben und Veröffentlichungen bis 1972:

Zerschneide den Stacheldraht. Lateinamerikanische Psalmen. Mit einem Nachwort von Dorothee Sölle. Herausgegeben und übersetzt von Stefan Baciu, 1967, Jugenddienst-Verlag, Wuppertal.
Die rätselhafte Gefängnisgeschichte des Schweden Erik Hjalmar Ossiannilsson. 1970, Jugenddienst-Verlag, Wuppertal.
Das Buch von der Liebe. Vorwort von Thomas Merton. 1971, Peter Hammer Verlag, Wuppertal.
In Kuba. Ein Reisebericht. 1972, Peter Hammer Verlag, Wuppertal.

BIOGRAPHISCHE ANMERKUNG

ERNESTO CARDENAL

Geboren 1925 in Granada/Nicaragua. Studium der Literaturwissenschaft und Philosophie in Mexico und den USA. Beteiligung am Kampf gegen das seit 1933 in Nicaragua regierende Somoza-Regime; Cardenal entgeht durch glückliche Umstände der Verhaftung, taucht unter und tritt 1960 als Novize des amerikanischen Dichtermönches *Thomas Merton* in das Trappistenkloster Gethsemany in Kentucky/USA ein. Nach zwei Jahren Klosterzeit Studium der Theologie in Kolumbien. 1966 wird er in der Kathedrale von Managua/Nicaragua zum Priester geweiht und gründet im gleichen Jahr auf einer der Solentiname-Inseln eine christliche Kommune.
(Nach seiner Bangkok-Reise wollte Thomas Merton für immer auf Solentiname leben. Er starb jedoch in seinem Hotelzimmer in Bangkok bei der Benutzung eines defekten elektrischen Geräts.)

Übersetzungen der Gedichte und Prosatexte Cardenals erschienen in mehr als 14 Ländern. Insbesondere die »Psalmen« begründeten seinen Weltruhm. Er gilt heute bereits als der meistgelesene lateinamerikanische Dichter der Gegenwart.

Stefan Baciu, der Herausgeber und Übersetzer dieser Anthologie, ist Professor am Department for European Languages and Literature an der Universität von Honolulu/Hawaii.

WILLIAM AGUDELO: *Unser Lager bei den Blumen auf dem Felde.* Ein lateinamerikanisches Tagebuch. Mit einem Vorwort von Ernesto Cardenal (352 Seiten, DM 24,–)

Aus dem Vorwort: Ich bin sicher, daß dieses Buch Nonnen und Atheisten, Beatniks und Seminaristen, Studenten, Literaturkritiker, junge Dichter und Theologen gleicherweise interessieren wird. Und es wird sie mehr und mehr fesseln ... Dieses Tagebuch liest sich wie ein Roman. Es ist ein Roman, aber ein realer. Keine einzige Zeile ist erfunden ... Und vor allem ist dies Buch voll von Liebe, voll von Mädchen.

ERNESTO CARDENAL: *In Kuba.* Bericht von einer Reise (ca. 400 Seiten, DM 24,–; Subskriptionspreis bis Ende Oktober 1972: DM 18,80)

Dieser Reisebericht ist über die vermittelten Fakten des Landes nach der Revolution hinaus von weitreichender, faszinierender theologischer, politischer und literarischer Relevanz. Der Autor hat mit Hunderten Kubanern gesprochen und beschreibt das Wachsen und Werden einer neuen Gesellschaft mit neuen Menschen. Er beschreibt ihre Freiheit (vom kapitalistischen System) und gleichermaßen ihre Probleme. Er erzählt von Begegnungen mit Fidel Castro, mit der Mutter von Camilo Torres, mit Schriftstellern, Lehrern, Menschen von der Straße.

SALVADOR ALLENDE: *Chiles Weg zum Sozialismus* (184 Seiten, DM 8,–)

Informationen aus erster Hand: 20 Reden des chilenischen Staatspräsidenten dokumentieren seine politische Konzeption und Strategie: Zur Unterentwicklung des lateinamerikanischen Kontinents und die damit verbundenen außen- und innenpolitischen Konsequenzen des ersten, in demokratischen Wahlen an die Macht gekommenen sozialistischen Regimes. Es ist eines der wichtigsten politischen Bücher unserer Zeit, weil hier die Zeichen einer *neuen Revolution* gesetzt werden.

Peter Hammer Verlag Wuppertal